U0141052

Q&A

on Stock Index Futures

股指期货
热点问答

主编　刘鸿儒

中国金融出版社

责任编辑：戴　硕
责任校对：李俊英
责任印制：毛春明

图书在版编目（CIP）数据

股指期货热点问答（Guzhi Qihuo Redian Wenda）/刘鸿儒主编 . —北京：
中国金融出版社，2009.3
　ISBN 978 - 7 - 5049 - 4932 - 5

　Ⅰ. 股…　Ⅱ. 刘…　Ⅲ. 股票—指数—期货交易—问答　Ⅳ. F830.9 - 44

中国版本图书馆 CIP 数据核字（2009）第 006989 号

出版
发行　中国金融出版社

社址　北京市广安门外小红庙南里 3 号
市场开发部　（010）63272190，66070804（传真）
网上书店　http：//www.chinafph.com
　　　　　　（010）63286832，63365686（传真）
读者服务部　（010）66070833，82672183
邮编　100055
经销　新华书店
印刷　保利达印务有限公司
装订　平阳装订厂
尺寸　169 毫米 ×239 毫米
印张　19.5
字数　247 千
版次　2009 年 3 月第 1 版
印次　2009 年 3 月第 1 次印刷
印数　1—10090
定价　38.00 元
ISBN 978 - 7 - 5049 - 4932 - 5/F. 4492
如出现印装错误本社负责调换　联系电话（010）63263947

前　言

一

17 年前，我正在参与股票市场的建设工作。

今天，我国金融期货市场也正在筹备和建设中。

和股票市场一样，金融期货的推出是我国资本市场发展史上的一件大事，需要精心细致的准备和合理周密的安排。从股票市场从无到有的发展经验看，这些准备工作不仅包括法律、规则、制度、技术、人才等方面的工作，更要做好认识上的准备。统一认识，坚定信心，明确目标，齐心协力，是确保股指期货市场健康稳定运行的坚实基础。

自 2006 年中国金融期货交易所挂牌成立时起，金融期货成为了全社会关注的热点，也出现了很多争论。我国是否需要金融期货？推出金融期货的条件是否成熟？金融期货是否真的有用？……这些经常见诸媒体的问题，社会上并没有统一答案，众说纷纭，观点各异。特别是对于第一个金融期货产品——股指期货，社会关注度最高，争论也最为热烈，新话题不断涌现。更需要注意的是，近两年不仅是股指期货筹备工作最为关键的两年，也是国际国内金融市场跌宕起伏、风波不断的两年。在国际市场上，次贷危机发展成为全球性的金融危机，2008 年初又发生了法兴银行巨额亏损事件，石油、黄金等重要商品期货价格大起大落；在国内，股权分置改革后的股市从 1000 多点一路冲到史无前例的 6124 点，又戏剧化地跌去了几乎 2/3 的市值，波动幅度位列全球第一。关于股指期货的讨论并不是仅局限于股指期货本身，而是在这样一个独特的大背景下，它成为与金融市场发展前景息息相关的焦点问题。每当市场出现新的变化，总会出现一些有关股指期货的热点讨论。这本书就是汇集了这样一些被各方广泛关注过、被专家热烈讨论过、被各种场合提问过的问题，总结了国际、国内市场发展的实际情况，经过科学客观的论证和分析，尽可能得出实事求是的答案。寻求这些问题的答案，有利于解决股指期货发展过程中的认识问题，也有利于股指期货市场从诞生之日起就以健康的姿态展现在世人面前。

二

在选取和回答这些问题的时候，我们认真收集和研究了全球金融期货市场的发展情况和遇到的问题，也充分考虑了中国特有的国情，由此更加清晰地认识到，无论在解答问题还是在现实中发展股指期货，都必须树立科学的指导思想，坚持基本的发展准则，才能真正解决认识问题。这个指导思想和发展准则就是，一定要客观稳妥地处理好稳定和发展的关系，处理好金融创新与风险防范的关系，在创新的过程中防范可能出现的风险，在稳定的环境下谋求更良性更长远的发展。

第一，在稳定和发展关系上，发展是主因，稳定的目的是长远发展。稳定并不是原地踏步，不是无为而治，而是一步一个脚印扎实地向前进，是探索更有效率、风险更小的发展道路，是寻求将来更可持续的发展。因此，不能因为追求稳定就把所有的新事物全盘否定，什么都不敢推进、不敢尝试，只敢沿袭以往、墨守成规。我们应当以审慎的态度，科学分析推进一项新制度或者新产品的利与弊、收益与成本，只要利大于弊、收益大于成本、风险可以控制，满足这三方面要求的，就应当坚决的推进下去。

第二，稳定发展需要避险机制来配套，金融期货等衍生品对于规避风险具有积极作用。稳定中的发展意味着风险能够得到有效防范。怎样做好风险防范呢？除了目前已有的方法和工具，更需要创新出新工具和新机制。从多年来股市的发展情况看，现有的工具和方法不足以帮助市场主体做好风险防范。当市场出现普遍性下跌，现在能做的就是等待，中小散户套牢或者割肉，大机构抛售和观望，整个市场没有其他出路，只能等着新一轮的牛市。而国际通用的做空避险手段，比如股指期货，比如融资融券，我们还在探索当中。金融期货等避险工具的缺乏，将会在一定程度上影响到市场的前进步伐。一次大起大落的成本很高，给经济发展的伤害也很大。为了实现稳定的发展，不能忽视风险管理工具的重要作用，要积极探索和创造一些产品，通过创新实现经济的稳定发展。

第三，要从避险的要求出发去发展金融期货，不要为创新而创新。金融期货是一项新生事物，也是一个重要的制度创新。我们推出金融期货，是因为市场的长远发展迫切需要它，市场的稳定运行迫切需要它。创新金融期货，要紧紧围绕经济稳定发展这个主题，推出一系列能够帮助经济主体规避风险、稳定经营的避险型衍生品。我们要有维护国家经济安全和平稳发展的历史使命感，以我国的现实需求为出发点，设计出以能够切实有效规避风险为主要目的的金融期货产品，而不是以追求交易量为目的，以制造创新题材为目的，以照搬国外流行产品为目的。

第四，做好力所能及的创新，把严控风险放在第一位。次贷危机爆发后，有人曾经质疑金融期货等衍生品的避险作用。然而，我们要一分为二地看待这个问题。衍生品是双刃剑，规避风险的同时也可能会因为操作不当或者突发事件引发新的风险，甚至是更大的风险。因此，我们在探索金融期货等衍生品的时候，一定要充分考虑到其可能带来的负面影响，考虑到自己是否有能力控制风险，既不能因为惧怕风险不敢创新，也不能为了大胆创新而忽视风险。我们要做自己力所能及的创新，先做股指期货等最基本的、风险也相对比较容易控制的金融创新，待经验成熟后再逐步扩展到更复杂的衍生品。

三

这本书是一本通俗易懂的读物，以讲事实、举例子作为阐述的主要方式，讨论大家都关心的热点问题。由于篇幅和时间有限，还有很多关注度也非常高的问题没有被包括进来，我们将会继续深入下去，做好热点问题的收集整理工作，等到一些新的认识形成之后，将会有新的作品结集成册，以飨读者。

其中，值得注意的是近期发生的金融危机，这是20世纪30年代以来最大的一次危机，到目前还没有完全结束。本书对这次危机涉及的内容都是根据编写时出现的实际情况所进行的客观描述，并没有对其进行完整的评述。联系到中国资本市场，有很多重要问题值得研究。如，这次美国衍生品市场出问题，是出在场外市场，而场内市场，即交易所市场没有出大问题；又如，美国衍生品市场出问题的直接导因是脱离市场规律，人为地过度衍生并且缺乏监管。中国要推进的金融期货，是在交易所集中交易和监管的场内市场，而且是资本市场基础建设的必要组成部分，谈不上过度衍生的问题。今后，我们将密切关注衍生品市场的发展，逐步进行总结，分析经验教训，作出科学客观的评价。

刘鸿儒

2009年3月8日

Q&A 目录 on Stock Index Futures

什么是股指期货？

股指期货是股票价格指数期货的简称，是指以股票价格指数为标的物的期货合约。股指期货是兼具股票和期货特征的金融创新产品，其在标的产品、交易制度和交易方式等方面具有不同于股票等传统金融工具的鲜明特点。

➤ 标的产品：股票价格指数

股指期货合约的标的物是股票价格指数，不是具体的实物。商品期货合约标的物是有形的实物，例如铜期货、大豆期货等，而股指期货的标的物是无形的股票价格指数。股指期货的价格以不同大小的指数点来表示，投资者根据自己对股市走向的预期，报出不同的指数点，通过计算机系统撮合成交，如果认为指数会涨，便买进股指期货，反之则卖出。

➤ 现货市场：股票市场

现货市场是期货市场的基础，是影响期货市场运行的重要因素。股指期货市场对应的现货市场就是股票市场，股票市场的运行以及相应的指数变动都会对股指期货价格变动产生影响。

➤ 杠杆交易：保证金制度

股指期货实行保证金制度。当投资者买卖开仓的时候，不需像股票交易那样付出全额资金，而只需按照其买卖合约价值的一定比例交纳用于履约担保的资金，这笔资金就是保证金。保证金不是一成不变的，要在每日收盘后根据当日市场结算价重新计算，当投资者交易保证金余额不足时需要追加。保证金制度是期货交易的基本制度，是防范期货合约违约风险、促进市场流动性的重要手段。

➤ 双向交易：做多和做空

股指期货是双向交易，不仅能够像股票那样先买后卖，低买高卖赚取收益，还可以"做空"，即预期股市即将下跌的情况下，可以在高点先卖出股指期货，当市场出现下跌再买入，高卖低买赚取收益。无论是先买还是先卖，第一次的交易都被称做开仓，随后进行的反向交易结束持仓的行为则被称为平仓。

在股票市场上，行情上涨时，持有股票做多的投资者全部盈利，但是在股指期货市场上，不管行情是涨还是跌，投资者中都会同时存在盈利者和亏损者。因而，股指期货的交易机制更为灵活，有利于规避股票市场的系统性风险。

➢ 结算方式：当日无负债结算

为了确保履约，股指期货交易采用当日无负债结算制度。在每个交易日收盘后，交易所和期货公司都要对所有账户的盈亏状况和交易保证金等进行结算，资金不足的需要在规定的时间内补足，绝不会出现"赊账"交易的情况。当日无负债结算制度有利于减少违约风险，确保市场平稳运行。

➢ 到期结算：现金交割

股指期货合约有到期日，不能无限期持有。在每个合约到期日收盘后需要根据规定的交割结算价计算方法，将所有未平仓合约以现金方式进行转账结算。

➢ 日内交易：T+0

股指期货日内可以多次操作开仓平仓，不像股票那样必须要等到隔天才能卖出。T+0交易在期货市场上非常普遍，因为晚上可以平仓过夜，不用担心隔夜的风险，是很多投资者喜爱的操作模式。

股指期货是凭空跳
出来的吗？

为什么会出现股指期货？它只是发明者拍脑袋设计出的投机工具吗？当然不是，从股指期货诞生的历程看，它是规避股市下跌风险的必然产物，是顺应市场需求自然而然出现的一种风险管理工具。

➤ 股市风险加剧，股指期货适时而生

股指期货诞生于20世纪80年代的美国，是出于规避股票市场价格波动风险目的而出现的一种金融期货品种。

20世纪70年代石油危机之后，西方各国经济出现了剧烈的动荡和严重的滞胀。从1981年开始，里根政府把治理通货膨胀作为美国经济的首要任务，控制货币供应，导致利率大幅度上升，最高曾达21%。利率的大幅波动，加剧了股票价格的波动，美国股票市场受到沉重打击。

为减轻股票价格大幅波动给投资者带来的风险，恢复市场信心，确保美国股票市场的稳定和持续发展，开发新的能够分散投资风险的金融工具势在必行。股指期货就是在这样的背景下产生并快速发展起来的。

早在1977年，堪萨斯期货交易所就曾向美国商品期货交易委员会（CFTC）上交开展股指期货交易的报告，但当时股指期货的监管机构尚没有明确，该报告一直未获批准。1981年，美国证券交易委员会（SEC）和CFTC达成了"夏德—约翰逊协议"，规定股指期货由CFTC监管。

1982年，CFTC批准了堪萨斯期货交易所的报告，推出了历史上第一份股指期货合约——价值线综合指数合约。2个月后，芝加哥商业交易所（CME）推出了标准普尔500（S&P500）股指期货，这是目前全球交易最活跃、影响最大的股指期货。之后，纽约期货交易所也迅速推出纽约证券交易所综合指数期货。

➢ 股指期货市场发展迅速

股指期货一经推出就获得了市场的广泛关注，交易量迅速上升，同时也带动了股市的复苏。随后，交易量的增长不仅迅速扩大了美国国内期货市场的规模，而且也引发了世界性的股指期货交易热潮。1984 年，英国推出金融时报 100 指数期货合约，1986 年，中国香港推出恒生指数期货，20 世纪 90 年代以来，随着信息技术的飞速发展，受全球化趋势的影响，股指期货的运用更为广泛，新兴市场也相继推出股指期货交易，全球股指期货的交易量成倍上升，成为普遍使用的风险管理工具（见表 1）。

表 1　世界各国与地区股指期货的发展简表

品　种	推 出 时 间	推出地点
价值线指数期货	1982 年 2 月	美国
标准普尔 500 指数期货	1982 年 4 月	美国
金融时报 100 指数期货	1984 年 5 月	英国
香港恒生指数	1986 年 5 月	中国香港
日经 225 指数期货	1986 年 9 月	新加坡
AEX 指数期货	1988 年 1 月	荷兰
日经 225 指数期货	1988 年 9 月	日本
CAC40 指数期货	1988 年 11 月	法国
DAX 指数期货	1990 年 9 月	德国
NASDAQ100 指数期货	1996 年 4 月	美国
KOSPI 200 指数期货	1996 年 5 月	韩国
标准普尔 500 电子迷你合约	1997 年 9 月	美国
台股指数期货	1998 年 7 月	中国台湾
S&P CNX90 指数期货	2000 年 6 月	印度

➢ 成为规避股市风险的有力武器

从股指期货的发展过程看，它并不是凭空跳出来的，也不是无缘无故拍脑袋想出来的东西，而是当政治、经济生活发生重大变动时为了满足日益迫切的市场需求出现的，是避险需求的必然产物。正因为如此，股指期货问世至今不过二十余年的历史，但其发展速度却非常迅速，在数次重大危机出现的时候，它都有效地发挥了避险作用，确保了股市一次次"化险为夷"，平稳运转，成为公认的股市"保险杠"。

近年来境外股指期货爆发式
增长的主要特点有哪些？

股指期货从诞生之日起就获得了巨大的成功,它不但成为成熟资本市场不可或缺的重要组成部分,其自身也得到了巨大的发展。近年来海外股指期货更是出现了爆发式增长,呈现出以下特点。

➤ 股指期货、期权连年保持高速增长

近年来,得益于全球股票市场的发展,以及新兴市场股指期货、期权产品的开发,全球在交易所交易的股指期货、期权连年保持高速增长。2000 年,全球在交易所交易的股指期货、期权交易量为 6.79 亿张合约,2007 年交易量达到了 56.168 亿张合约,比 2006 年增长 26.10%(见图 1)。

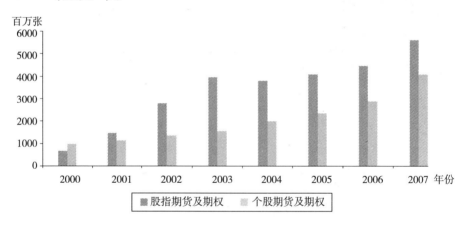

资料来源:FIA。

图 1 2000—2007 年股指期货、期权及个股期货、期权年交易量

➤ 股指期货、期权交易量独占鳌头

FIA 统计数据显示,2005 年全球期货、期权交易量达到近 99.74 亿张,其中,金融期货、期权贡献了 91.39 亿张,占到 91.31%。而股指期货、期权的交易量则达到了 40.80 亿张,占到了金融期货、期权交易量的 44.64% 和期货与期权总交易量的 41.21%。股指期货、期权已成

为交易量最大的品种，几乎占据了全球期货与期权的半壁江山。

2006 年全球在交易所内交易的期货与期权交易量高达 118.59 亿张，比 2005 年增长了 18.9%。其中，股指类期货与期权由 2005 年的 40.80 亿张增加到 2006 年的 44.5 亿张，占所有衍生品的 37.6%，继续保持第一。

2007 年全球股指、个股、利率和外汇类的期货与期权交易量依次为 5616.82 百万张、4091.92 百万张、3740.88 百万张和 334.71 百万张，同比分别增长 26.10%、42.25%、17.14% 和 39.43%（见表 2）。在金融期货、期权中，股指期货、期权交易量达到了 56.168 亿张合约，占全球衍生品交易量的比重达到了 36.5%，占全球金融期货与期权交易量的比重达到了 40.31%。

表2　2007年交易所交易的衍生品交易量分类变化情况

	2007 年	2006 年	同比增长（%）
按期货、期权分类（万张合约）			
期货	697003.3370	528281.8430	31.94
期权	821663.7460	657939.4595	24.8
按品种分类（万张合约）			
股指期货、期权	561681.6347	445422.2902	26.10
个股期货、期权	409192.3113	287648.6897	42.25
利率期货、期权	374087.6650	319341.0504	17.14
农产品期货、期权	64564.3564	48903.1853	32.02
能源期货、期权	49640.8289	38596.5150	28.6
外汇期货、期权	33470.7898	24005.3180	39.43
贵金属期货、期权	10509.2237	10229.8908	2.73
工业金属期货、期权	15097.6113	11638.3437	29.72
其他期货、期权	422.6619	436.0194	-3.06

续表

	2007 年	2006 年	同比增长（%）
按地区分类（万张合约）			
亚太地区	418651.1897	351154.8425	19.22
欧洲	335522.2878	267432.9578	25.46
北美	613720.4364	461672.5727	32.93
拉美	104862.7318	86466.5702	24.28
其他地区	45910.4373	19494.3593	135.51
合计	1518667.0830	1186221.3025	28.03

资料来源：FIA。

2007 年在全球成交前 20 名的股指期货和期权合约当中，名列首位的是韩国交易所的 KOSPI200 股指期权，其次是 CME 的电子迷你型标准普尔 500 指数期货，第三是 Eurex 的 DJ Euro Stoxx 50 期货。大阪证券交易所（OSE）的日经 225 指数迷你期货成交量同比暴增 673.54%，位列增速首位。

➤ 股指期货市场名义成交金额超过了股票现货市场成交金额

2007 年，正好是股指期货诞生 25 周年。相较于股票市场超过 200 年的历史，股指期货只有短暂的 25 年的历史，但 2007 年股指期货市场名义成交金额已经达到了股票现货市场成交金额的 110.8%（见图 2），我们不能说这不是一个奇迹！

当然，大家也不要看到这个数据就以为股指期货上市会导致股市大量失血。其实，这里股指期货成交额都是指名义成交金额。由于全球股指期货市场平均保证金比例只有 7% 左右，而且实行 T + 0 交易，股指期货市场实际占用的资金只有股票市场市值的 2% 左右，且这些资金大多数来自期货市场或者是场外增量资金，所以，虽然股指期货市

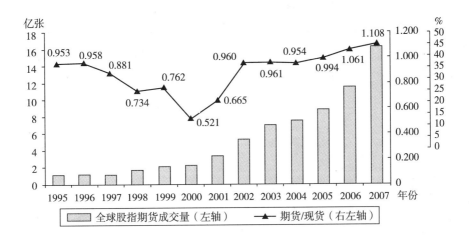

资料来源：FIA。

图2　1995—2007年股指期货市场名义成交金额与股票现货市场成交金额比较

场名义成交金额已经超过了股票现货市场成交金额，但股指期货上市对股票现货市场并不构成冲击。

> ### ➤ 新兴市场迅速成长

传统上，股指期货等金融衍生品主要存在和发展于西方发达经济体。但从2000年前后开始，新兴市场金融衍生品快速成长。2007年包括南非、印度、中国（商品期货）在内的新兴市场交易量突飞猛进，增长幅度远远高于其他市场。

增长速度最快的是南非期货期权交易所（JSE），该交易所2007年交易量剧增214％，主要是来自个股的期货合约。此外，土耳其衍生品交易所交易量也增加263％。中国香港市场2007年衍生品交易量也比2006年多出一倍。

作为新兴市场最典型的代表，印度国家证券交易所（NSE）2000年上市S&P CNX Nifty股指期货后，近几年来推动了印度金融衍生品市场的快速增长。印度国家证券交易所 2007 年衍生品交易量增长了 95.32%；2007 年 S&P CNX Nifty 股指期货交易量达到了 1.38 亿张合约，年增长幅度高达 97.47%，跃居全球股指期货交易量第三位。2001—2007 年，印度股指期货及期权交易量增长了 220 倍（见图 3）。

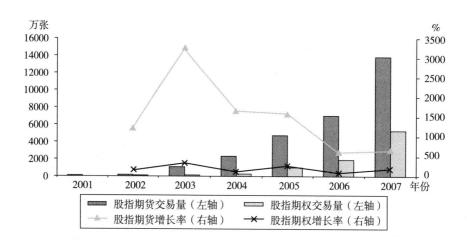

资料来源：FIA。

图 3 印度 2001 年以来股指期货异军突起，2007 年交易量跃居世界第三位

　　香港是亚洲最早上市股指期货的地区，恒生指数期货合约交易始于 1986 年 5 月 6 日，之后短短一年多时间里，发展势头迅猛。推出当年 5 月份日均成交量为 1800 张合约，到了 1987 年 10 月，成交量突破 25000 张合约，1987 年 10 月 16 日成交量破纪录放大到 40000 张。1987 年 10 月 19 日，美国华尔街股市单日暴跌近 23%，即著名的"黑色星期五"，并由此引发全球股市重挫，香港股指期货交易也出现了严重危机。随后经过系列改革，投资者重新恢复了对香港股指期货交易的信心，近年来香港交易所衍生产品市场迅猛发展。2007 年期货与期权总成交合约为 87985686 张，同比增长 105%（见图 4）。

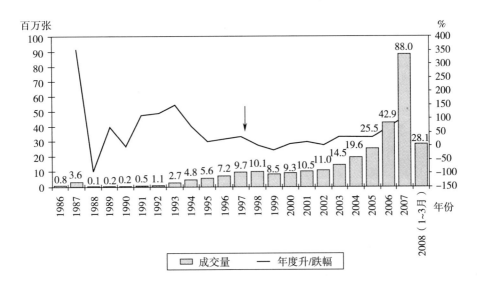

资料来源：香港联合交易所。

图4　近年来香港交易所衍生产品得到了迅猛的发展

总体来看，如今的衍生品市场不再以北美和欧洲为中心，亚太市场已经迎头赶上，亚太地区交易量已经占到全球场内衍生品交易总量的27.57%，超过欧洲22.09%的比重，基本形成三分天下的格局。

➤ **交易品种多样，迷你型股指期货合约大放异彩**

标准普尔500股指期货是美国，也是全球交易量最大、最成功的1只股指期货，在该合约推出的第一天，成交量就达到3936张。2007年标准普尔500迷你型股指期货交易量达到了4.15亿张，年增长幅度高达61.03%，日均交易量达到了165.5张；排名第二的是DJ Euro Stoxx 50股指期货，全年成交量达到了3.27亿张，年增长幅度高达53.17%（见表3）。

15

表3 2007年全球交易量最大的10只股指期货合约比较

排名 2007年	排名 2006年	股指期货合约	所在交易所	2007年交易量（万张合约）	年增长率（%）	2007年日均交易量（张合约）
1	1	E－mini S&P 500 Index Future	芝加哥商业交易所（CME）	41534.823	61.03	1654774
2	2	DJ Euro Stoxx 50 Index Future	欧洲期货交易所（Eurex）	32703.415	53.17	1292625
3	4	S&P CNX Nifty Index Future	印度国家证券交易所（NSE）	13879.424	97.47	552965
4	3	E－mini Nasdaq 100 Index Future	芝加哥商业交易所（CME）	9530.9053	19.23	379717
5	6	E－mini Russell 2000 Index Future	芝加哥商业交易所（CME）	6073.1902	45.47	241960
6	7	Dax Index Future	欧洲期货交易所（Eurex）	5041.3122	24.71	199261
7	11	NIKKEI 225 MINI Future	大阪证券交易所（OSE）	4910.7059	679.54	195646
8	5	KOSPI 200 Index Future	韩国交易所（KRX）	4775.8294	2.46	190272
9	8	CAC 40 Stock Index Future	泛欧交易所（EURONEXT）	4466.8975	33.72	135621
10	9	Mini Dow Jones Industrial Index Future	芝加哥期货交易所（CBOT）	4009.8882	49.67	159757
		合计		126926.3899		

资料来源：海通证券研究所。

美国道琼斯工业平均指数期货合约的指数标的——道琼斯指数是世界上影响最大的股票价格指数之一，但在股指期货发展早期由于自身决策失误，将股指期货仅作为一种赌博工具来对待，错过了发展良机，直到现在交易量也落后于标准普尔500指数期货。

为什么说股指期货是
"20 世纪 70 年代以来
最伟大的金融创新"？

诸贝尔经济学奖获得者、著名经济学家米勒曾把股指期货誉为"20 世纪 70 年代以来最伟大的金融创新"。为什么著名经济学家如此称赞股指期货？一方面，从股指期货本身来看，它带来了股票市场和期货市场重大的制度创新和变革，并使两个市场变成一个密不可分的有机体；另一方面，股指期货成为发展最快也最具影响力的金融衍生品之一，诞生仅仅 26 年，其交易量在整个金融期货、期权以及包括商品期货、期权在内的期货交易量总和中的占比超过了 1/3，在金融领域中的影响日益广泛。

20 世纪 70 年代，受石油危机的影响，西方各国的经济发展出现衰退，利率波动频繁，通货膨胀加剧，导致股市一片萧条，美国道琼斯指数一度大跌，市场信心受到重创。股票市场价格大幅波动，股票投资者迫切需要一种能够有效规避风险、实现资产保值的金融工具。1982 年，股指期货应运而生。作为金融市场的重大创新，股指期货带来了新型交易机制，对优化资产管理，对股市健康运行都产生了深远影响。

➤ 股指期货带来资本市场交易机制的重大创新

股指期货的交易机制和在它之前具有 100 多年发展历史的商品期货交易有很多不同，突破了当时已经约定俗成的很多制度规定，这也是股指期货交易机制的重大创新之处。

第一，创造出新的合约标的。股指期货的标的物不是看得到摸得着的实物资产，甚至也不是金融资产，而是虚拟的股票价格指数。我们知道，商品期货的标的是有形的实物资产，一般都需要保存在仓库中，例如农产品、金属等。20 世纪 70 年代早期产生的外汇期货等金融期货，标的虽然是无形的金融资产，但依然能够在现实生活中找到可交割的实物，比如说外汇期货标的物是货币，国债期货标的物是债券，等等。股指期货合约的交易对象既不是具体的实物商品，也不是它之前出现的具体的金融工具，而是衡量各种股票平均价格变动水平的虚拟的股票价格指数，在现实生活中找不到对应的具体物品。

第二，创造了新的合约价值计算方法。将虚拟的指数转化为金融资产，是期货发展史上的重大创新与突破。通过合约乘数，股指期货成功地把虚拟指数转化成了用金钱表示的金融资产。合约乘数是每点指数代表的金额，用股指期货合约价格（也就是成交的点数）乘以一个合约乘数就是一张股指期货合约代表的价值。例如，沪深300股指期货合约乘数为300元/点，假如当时点位为3000点，则每份股指期货合约的面值就是3000点乘300元/点，即90万元。而商品期货的合约价值都是以单价乘以合约规定的交易单位数来计算，例如我国铜期货合约价值等于每吨铜的价格乘以交易单位（5吨）。

第三，标的产品的创新同时还带来了交割制度上的创新。商品期货的交割比较复杂，都是进行实物交割，除了对交割时间、地点、交割方式有严格的规定以外，对交割等级也要进行严格划分，存在运输成本以及还往往需要大容量的交割仓库。股指期货的交割采用现金交割，到期时不交割股票而是通过最后交易日的交割结算价把所有未平仓合约换成现金，计算差额结清头寸。每一未平仓合约在到期日都会得到自动冲销，也就是说，在合约的到期日，卖方无须交付股票组合，买方也无须买入合约总价值的股票组合，只是根据交割结算价计算双方的盈亏金额，通过增加盈利方和减少亏损方保证金账户资金的方式来了结交易。此外，股指期货的近月合约成交往往很活跃，不仅有套期保值操作者，也有大量套利者和投机客。进行实物交割的商品期货在临近交割期时成交量一般会明显下降，套期保值者成为主要参与者。

现金交割突破了之前商品期货都实行实物交割的交割制度，大大简化了买卖双方的交割麻烦，同时也有利于期货价格向现货价格收敛，为股指期货的大发展从制度上创造了有利条件。

第四，防止操纵的能力更强。股指期货中逼仓行情很难发生，为抗操纵提供了新的思路。在商品期货中，由于可交割的商品数量有限，有时会出现逼仓行情，它通常表现为期、现价格存在较大差异，并且超出了合理的范围。更严重的逼仓是操纵者同时控制现货和期货，比如一边囤积现货产品，一边在期货市场做多拉升期货价格，让空方到期交不出货物只能提前在高价做多平仓出局。股指期货中逼仓行情之所以难以发生，首先是因为股指期货市场是一个规模更大的市场，庄家不易操纵；其次是因为强大的期、现套利力量的存在，一旦发现不合理的价格差距就会纷纷涌入，套利行为将会埋葬那些企图发动逼仓行情的庄家；最后是股指期货不受现货数量的限制，期货合约的交割结算价以现货价为依据，这等于是建立了一个强制收敛的保证制度，同时也加大了操纵的难度。

➤ 股指期货提高了资金使用效率，增加了新的投资组合工具

从资金利用的角度看，股指期货是权益类股票投资中的一种创新。它第一次在包括股票等权益类产品交易中引入了杠杆性的交易方式，能够提高资金的使用效率，有利于投资者快速调整投资组合。当投资者想增加或减少某一类股票或资产的持有量时，只需买进或卖出相应的股指期货合约即可。通过股指期货和其他金融产品构建各种新的不同组合，既降低了资金使用成本，也满足了投资者的不同风险偏好。投资者可以根据自己的风险偏好构筑不同收益/风险水平的投资组合，合理配置资产。与此同时，股指期货还能为投资者提供根据期货市场和现货市场价差进行指数套利的机会，进一步丰富了交易策略。

➤ 股指期货提供规避股票市场系统性风险的工具，增强了股市的稳定性

股指期货的引入为资本市场提供了新的功能。股指期货是一种风险规避手段，能够为股票现货市场提供对冲风险的途径，满足市场参与者规避股市系统性风险的强烈需求。在股指期货之前，尚没有更便捷有效的做空工具来规避市场下跌风险。当预计股票市场下跌时，投

资者可通过直接开仓卖出股指期货合约对冲股市整体下跌的系统性价格风险，即便股市出现下跌，也会因为高卖低买的交易活动获取收益，以弥补股市下跌带来的损失。大股东可以通过这种对冲交易在继续享有相应股东权益的同时维持所持股票资产的原有价值。基金可以减轻集中性抛售对股票市场造成的恐慌性影响。

股指期货通过公开竞价方式产生的不同到期月份合约的价格，充分反映了与股票指数相关的各种信息以及不同投资者的判断，也在一定程度上反映了市场参与各方对股票市场未来走势的预期，在一定程度上打破了一些机构和大户的信息垄断优势，有利于投资者进行理性的分析预测。股指期货产生的预期价格可以快速传递到现货市场，从而使现货市场价格达到均衡。

> **股指期货诞生后，迅速成为金融衍生品的主流品种**

股指期货交易量的提升也充分说明了其在金融创新领域的影响力。如图 5 所示，目前股指期货已经发展成为全球最活跃的期货品种之一。

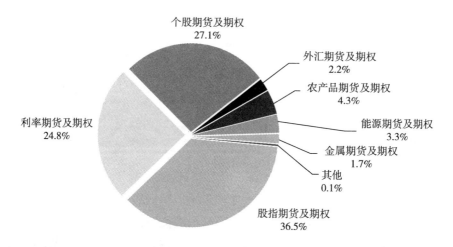

资料来源：FIA。

图 5　2007 年全球期货和期权交易量按品种分布的市场结构

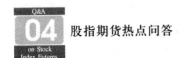

股指期货上市，有利于提升股票市场的规模和流动性，促使投资策略多元化，进一步提高股票市场的安全性和稳定性，对股市的发展具有长期的推动作用。

由于上述原因，股指期货交易被米勒誉为"20世纪70年代以来最伟大的金融创新"。

全球 GDP 前 20 位的国家或
地区唯独中国没有股指期货
吗？

按照 2006 年世界银行的统计数据，全球国内生产总值（GDP）排名前 20 位的国家或地区唯独中国大陆还没有上市股指期货（见表 4）。

表 4　2006 年全球 GDP 排名前 20 位及其股指期货开设时间

排名	国家或地区	股指期货推出时间
1	美国	1982 年 2 月 24 日
2	日本	1988 年 9 月 3 日
3	德国	1990 年 11 月 23 日
4	中国	
5	英国	1984 年 5 月 3 日
6	法国	1988 年 11 月 9 日
7	意大利	1994 年 11 月 28 日
8	西班牙	1992 年 1 月 14 日
9	加拿大	1984 年 1 月 16 日
10	俄罗斯	1997 年 3 月
11	韩国	1996 年 3 月 3 日
12	巴西	1986 年 2 月 14 日
13	印度	2000 年 6 月 21 日
14	墨西哥	2003 年 1 月 2 日
15	荷兰	1988 年 10 月 24 日
16	澳大利亚	1983 年 2 月 16 日
17	比利时	1993 年 10 月 29 日
18	瑞典	1987 年 4 月 3 日
19	瑞士	1990 年 11 月 9 日
20	中国台湾	1998 年 7 月 21 日

资料来源：海通证券研究所。

主要发达国家在 20 世纪八九十年代陆续开设了股指期货，主要发展中国家从 20 世纪 90 年代中后期以来也逐步推出了股指期货，为资本市场提供了很好的风险对冲工具。

即使与中国市场情况类似的一些发展中国家，近几年也成功地推出了股指期货。例如，印度 2000 年 6 月 21 日开设 S&P CNX Nifty 50 股指期货，墨西哥 2003 年 1 月 2 日上市股指期货，2004 年 3 月 22 日上市股指期权，土耳其 2005 年 2 月 4 日上市股指期货，市场都实现了平稳发展。

另外，近年被资本市场追捧的"金砖四国"（Bricks）——巴西、俄罗斯、印度及中国，也唯独中国大陆尚未推出股指期货。

Allison Holland 和 Anne Fremault Vila（1997）对伦敦国际金融期货及期权交易所（LIFFE）中成功的金融期货品种的特征进行了分析，发现现货市场规模与期货合约交易量两者之间的正向关系非常显著。也就是说，当股票市场规模较大的时候，股指期货就有了发展的条件。

我国目前的市场规模和经济规模已经大于一些成熟市场和新兴市场开设股指期货时的水平。特别是 2006 年以来，我国资本市场发生了转折性变化，股票总市值跻身全球大市值行列。如此庞大的经济体，却没有股指期货市场，在世界上是非常罕见的。目前，沪深 300 指数样本股的代表性已经很强，达到了国际成熟市场股指期货标的指数成分股的市值覆盖率水平。从长远看，我国股票市场具有很大的发展潜力和广阔的发展前景，我国庞大的国民生产总值和经济规模为资本市场的发展提供了坚实的后盾。如此庞大的资本市场，需要股指期货作为有效的避险工具，以提升我国资本市场的国际竞争力。

为什么目前全球主要股票
市场都有相应的股指期货
市场？

截至 2007 年底，全球共有 50 多个国家和地区上市交易股指期货产品，股指期货合约数达 170 多个。那么，为什么股指期货会发展这么快，为什么目前全球主要股票市场都有相应的股指期货市场？我们可以从现实和理论两个角度看待这个问题。

从现实的角度看，最直观的原因是股指期货推出后发展得太成功了。

我们知道，金融期货诞生于 20 世纪 70 年代，股指期货诞生于 1982 年。在短短 30 余年时间里金融期货获得了巨大的发展，已经成为现代金融市场体系不可或缺的重要组成部分。2007 年全球期货与期权交易量高达 151.87 亿张，比 2006 年增长了 28.03%，其中股指类交易量最大，股指期货与期权交易量为 56.168 亿张，同比增长 26.1%，占比 36.99%。股指期货的爆发式成长，反映了市场对股指期货的巨大需求，对很多市场起到了强烈的示范作用，这是各国或者地区陆续上市股指期货的现实原因。

而从理论上看，股指期货上市将会带来整个资本市场的巨大变革。

股指期货的推出和发展对一个经济体的金融深化和金融市场的完善，以及金融的国际化等方面，都将产生巨大和深远的影响。对国内市场而言，股指期货的推出将有利于完善金融市场体系，加强经济体的宏观风险调控机制，提高经济体信息的传递效率，并促使股票市场更加稳定地发展。从国际视野来看，股指期货的推出将加快经济体与国际市场接轨的进程和深度，维护国家金融安全，占领国际竞争的制高点。

➤ 增强市场化解风险的能力，增强经济弹性

实践证明，股指期货是一种行之有效的市场风险防范和风险监控机制。它的诞生本来就是规避股市系统性风险的结果。如果说 1987 年全球股灾发生的时候，股指期货曾经遭到过误解，避险功能被质疑，

那么时至今日，人们对股指期货的避险作用已经形成了足够清晰的认识。已经过去的 20 年，发生过安然事件、高科技泡沫破灭、"9·11"事件、"次级债"危机等多起重大事件，股票市场经受了一次次的严峻考验，最终都是有惊无险，安全渡过难关。原因是什么？一个重要原因就是存在着一个发达的衍生品市场。股指期货是一种风险管理工具，是规避股票市场系统性风险的必然选择。有了股指期货，股市会变得更安全。这一观念已经根植于投资者的脑海中。险情发生的时候，人们的直觉反应往往是：我要第一时间赶到股指期货市场避险。股指期货增强了资本市场化解风险的能力，增强了市场抵御风险的弹性和承受力。

➤ 提高了市场信息传递效率

期货市场通过自由竞价这种最有效率的方法建立均衡，而且所有过程都以价格的形式反映出来，买卖传递了大量的投资信息，资金流通量的变化也反映了短期资金的供求关系。金融期货的价格发现和信息传递功能近年在国际市场越来越受到重视，投资者、企业，甚至当地政府部门在制定经济政策时，都会将其作为一项重要的参考要素，以作出更准确和更有效的决策。而股指期货的发现价格功能则表现在它能够揭示市场各方对未来一段时间股市运行的看法，远月合约（也就是几个月后合约将会到期交割）的成交价格代表了几个月后市场对股市走势的预期，能够对政府机构制定宏观政策提供一定的信息参考。

由于现代电子通讯技术的发展，主要股指期货品种的价格一般都能够即时播发至全球各地。因此，股指期货市场上所形成的价格不仅对该市场的各类投资者产生了直接的指引作用，也为股指期货市场以外的其他相关市场提供了有用的参考信息。各相关市场的职业投资者，金融资产现货持有者，通过参考股指期货市场的成交价格——价格指数，可以形成对未来股市走势的合理预期，进而有计划地安排投资决策和生产经营决策，从而有助于减少信息搜寻成本，提高交易效率，实现公平合理、机会均等的市场竞争。

➤ 提高了股票市场的运行效率和波动弹性

股票市场是资本市场的核心部分。股指期货的推出将从多方面促进股票市场的平稳健康发展，并优化经济体在资产配置方面的效率。股票市场的风险包括系统性风险和非系统性风险，其中非系统性风险是单个股票下跌带来的损失，可以通过分散化投资进行有效的规避，而系统性风险是市场大部分股票出现下跌，分散化投资也无法予以解决。实践证明，股指期货是管理系统性风险最有效的工具，投资者可以利用股指期货进行卖空交易，在股市下跌的时候先在高点位卖出股指期货，再在市场跌到低点时买入平仓，高卖低买获取收益，以弥补股票下跌的损失，对冲系统性风险。

股指期货交易允许买空卖空的特征，使得股票市场无论是上涨还是下跌，市场各类参与者（规避风险者、套利交易者及投机者）都有获利的机会，而缺乏做空机制的股市只有通过股价上涨才会获益。股指期货保证了股市的规模不因股市下跌而萎缩，从总体上提高了股票市场的流动性。

股指期货有利于增加市场的透明度，因为股指期货市场是一个高度组织化的市场，市场透明度非常高。通过股指期货交易，影响股票价格变化的市场信息和经济信息的传播速度加快，许多原先可能滞后的信息披露，在期货市场得以迅速公开，同时很多信息也提前得到了消化，减少了将来一定时期内的未知性。这样，一方面方便了投资者分析预测，另一方面打破了投资机构在消息取得上的优势局面，并在一定程度上制约了庄家的市场操纵，有利于股票市场的稳定发展。

股指期货是最受机构投资者青睐的产品，它们可以通过股指期货优化投资组合，提高竞争能力，更具风险管理能力和获利能力的机构将获得更广阔的发展空间，机构的壮大有利于股票市场的进一步完善。

> ### 股指期货有利于维护国家金融安全

在日益开放与融合的环境下，各国在加强金融监管的同时更加关注于加强金融创新、完善市场机制、丰富金融产品工具等方面的工作，以促使整个金融体系更有弹性，从而在应付国际间金融动荡中有较大的回旋余地。包括股指期货在内的金融衍生品是金融市场的高端，是金融资源配置的高效率工具，是维护国家金融安全的有效手段。例如，在 1998 年的东南亚金融风波中，香港股票和外汇市场受到了以索罗斯为首的美国对冲基金的强烈冲击，香港政府在维护汇率稳定和金融安全的过程中，充分利用了股票市场和股指期货价格的联动规律，对股票交易和股指期货交易实施组合运用，从而有效地抵御了国际游资的疯狂冲击。反观泰国，作为当时第一个出现金融危机的国家，因为缺乏股指期货等公开交易的衍生品，只有外汇场外交易市场，信息难以及时发现，政府也缺乏有效的应对工具，从而被国际游资利用，泰铢大幅贬值，经济运行遭受了难以估量的损失。

为什么我国现阶段要推出
股指期货？

有些对股指期货不甚了解的人可能会有这样的想法：为什么我国现阶段要推出股指期货，没有股指期货我们的股票市场不是也存在十几年了吗？股票市场的发展过程如同人生一样，不是一成不变的，也有一个出生、成长和成熟的自然发展过程。在我国股票市场发展现阶段，迫切需要股指期货与之相配合，促使它实现更好的发展。股票市场和股指期货市场，都是资本市场大家庭中不可缺少的成员，股票市场有了股指期货，将会更加完整，更加趋于成熟。

➤ 资本市场发展的二次飞跃需要股指期货

总体上来说，资本市场遵循了从简单到复杂、从低级到多层次体系的演进过程。这里有两次重大飞跃，第一次飞跃的标志主要是股票市场的诞生，实现了从借贷为主的间接融资型金融体系向直接融资和间接融资并重的金融体系的转变，部分发达市场，例如美国，已经由此逐步演化成了直接融资比例远远超过间接融资的金融体系；第二次飞跃的标志主要是金融衍生品市场的诞生，通过股指期货等金融衍生品实现了资本市场从融资为主的功能体系向融资与风险管理并重的功能体系的转化，大大丰富和完善了现代资本市场体系。

我国资本市场经过18年的发展，已经建立起了具有一定规模的股票市场，但从广度和深度上看，依然具有新兴加转轨的特征，还远没有达到现代资本市场的要求，目前迫切需要实现第二次飞跃，通过股指期货，逐步建立起具有风险管理功能的现代资本市场体系。

➤ 完善我国金融市场体系需要股指期货

金融是发达经济体的核心中枢，完善的金融市场体系是一个经济体保持良好弹性的保证。在成熟市场经济国家，金融期货是整个金融市场中不可或缺的重要组成部分，其在完善资本市场功能与体系中的独特作用已得到广泛的认同。目前，虽然我国资本市场、货币市场及外汇市场已经初步形成，并已有一定程度的发展，但是金融衍生品市场发展缓慢，这与我国快速发展的经济状况以及由此伴随而生的对金融衍生品的强烈需求极不适应。缺乏外汇期货、利率期货、股指期货等金融期货市场的金融体系算不上是完善的现代金融体系，经济运行在开放的市场条件下将缺乏足够的弹性。在当前的条件下，开设股指期货的条件已经基本具备，股指期货就是我国金融期货发展道路上的重要一步。

➤ 解决"单边市场"问题需要发展股指期货

在融资融券业务推出并被投资者广泛运用之前，我国股票市场因为一直缺乏做空机制，投资者只能通过股票价格上涨获取投资收益，如果股票市场出现下跌，由于缺乏规避股市下跌系统性风险的手段，则会出现"共损"现象：机构和投资者都无法避免大幅亏损。所以投资者存在一种希望股市上涨、不愿股市下跌的强烈心态。这种心态使得股价上涨时缺乏必要的约束，往往会偏离股票的内在价值，出现"单边市场"问题。单边市场一般会造成价格发现的扭曲，积累市场风险。

目前，由于单边市场问题的存在，既有可能形成较大的金融泡沫，也有可能带来股市的暴跌，大起大落的现象让投资者好像坐了几回"过山车"。无论是机构还是中小投资者都苦不堪言。市场迫切需要股指期货的推出，内在的市场需求成为推出股指期货的第一动力。

➤ 投资者规避系统性风险，提高资产配置效率，需要股指期货

股指期货作为基础性风险管理工具，最基本的功能就是套期保值规避风险，也有利于改变股票市场缺乏规避系统性风险工具的现状，为机构投资者提供资产配置和风险管理的全新选择；对于普通投资者而言，则丰富了投资手段，使价值投资理念更加深入人心。

研究数据显示，我国股票市场中系统性风险所占的比例远远高于发达国家的平均水平，约占总风险的54.74%，而美国股票市场系统性风险比重为25%。在如此显著的系统性风险面前，投资者迫切需要能够对冲风险的工具并利用这种工具来转移和管理风险。股指期货有低成本、高效率以及双向交易机制的优点，已成为当前国际金融市场上最常使用的风险管理工具。上市股指期货可以促使投资者有效进行资产配置，规避市场风险。

资产配置是指投资者在股票、债券、现金三个基本资产类型中合理分配投资。例如某基金公司管理的资金中，70%投资股票，20%投资债券，10%为短期存款。如果对下一阶段股市看跌，债市看涨，可以把资产配置调整为股市40%，债市50%，当市场发生变化后再调整回来。

股指期货的推出将为投资者提供有效的资产配置工具，同时也为金融创新提供资产配置的机会。比如，权证发行商可以通过指数期货来管理日常头寸的风险。在现行情况下，证券公司只能通过调整认购权证、认沽权证以及相应的指数ETF数量或发行一些高息票据进行日常风险管理。由于标的指数处于频繁波动之中，而调整相应的指数ETF数量则受制于现货市场的流动性以及现货市场交易时间，证券公司很难突破流动性限制与交易时间同步性的矛盾。股指期货低成本以及流动性高和交易时间覆盖现货市场的特点，可以使证券公司比较灵活地使用这一工具进行资产配置。

➤ 我国金融市场的国际化需要股指期货

随着对外开放步伐的加快，我国的金融市场也在加快与国际金融市场的接轨，国内金融机构将更广泛深入地参与国际竞争。同时，国外金融机构也将因为我国经济发展的前景大量涌入国内开展业务，争夺国内市场份额。国内金融机构没有金融衍生工具的投资经历，缺乏金融衍生工具的运作经验，在与国外金融机构竞争中将会处于不利地位。股指期货推出后，金融机构能够通过业务创新增强自身实力，也能通过大量的交易培育投资者的经验和风险管理能力，无疑会增强我国金融机构在国际金融市场上的竞争力，同时也有利于改善金融投资环境，更好地为国内外投资者服务。在经济全球化的趋势下，许多新兴市场为了提升本国或本地区证券期货市场的吸引力，增强国际竞争力，纷纷开拓金融衍生品市场。推出股指期货交易，是促进国内市场与国际接轨，提升金融市场国际竞争地位的需要。

金融期货处于金融市场的高端，既是专业投资工具，更是维护国家经济金融安全的重要手段。我们可以通过具有创新性的金融产品，减少国内资金外流，并吸引国际闲置资金，让它们成为增加我们市场流动性、分散市场风险的载体，同时也可以利用自己的主场优势，通过制度、规则和监管，将这些资金置于国内严密的监控之下，防止市场操纵，确保资本市场的稳定运行。当前，海外市场已经纷纷推出多个中国概念股指期货和其他金融期货品种，这正是瞄准了我国经济强劲发展的光明前景和金融期货市场的巨大发展潜力。如果我们不加快发展自己的金融期货市场，将有可能失去主场优势，影响国家金融安全。

➤ 我国期货市场的进一步发展需要股指期货

期货市场的发展应当是一条产品多元化、投资者多样化的道路，股指期货正是满足期货市场发展需求的产品。股指期货的推出，能够让期货市场从单一的商品期货进入金融期货时代，市场规模将迅速扩大。在国际市场上，金融期货推出后，全世界期货期权成交量平均每五年翻一番，金融期货的成交量占全部期货、期权成交量的90%左右。与此同时，股指期货的推出，也为商品期货注入了新的活力，能够促进商品期货更快地发展。股指期货推出后的近20年来，全球商品期货

交易量年均增长速度达到了 30% 。就我们而言，也同样存在着这种发展空间。随着股指期货推出的临近，相当一批来自股票市场的投资者，有的是希望通过商品期货交易熟悉期货交易规则，有的是通过学习股指期货知识而了解到期货基础知识、功能作用，对期货交易本身产生了浓厚兴趣，这部分投资者现在已积极加入到商品期货交易中。由此将会进一步提升商品期货的影响力，吸引更多的机构投资者参与。

此外，股指期货的推出，有利于促使国内期货市场投资者结构从以个人为主进入以机构为主的时代，国内期货公司经营模式也将发生深刻的变化。国内期货市场的国际化进程将加快，中国期货市场的国际影响力将大大加强。

股指期货和金融危机有
关系吗？

金融危机是指一个国家或几个国家与地区的全部或大部分金融指标〔例如短期利率、货币资产、证券、房地产、土地（价格）、企业破产数和金融机构倒闭数〕的急剧、短暂和超周期的恶化。金融危机一个明显的特征就是人们对经济的未来发展预期非常悲观，整个区域内货币会出现幅度较大的贬值，经济总量与经济规模会出现较大的损失，经济增长步伐放慢甚至出现倒退。与金融危机伴随的往往是企业大量倒闭、失业率提高、普遍的经济萧条，甚至有时候伴随着社会动荡或国家政治层面的动荡。金融危机可以分为货币危机、债务危机、银行危机等类型。

随着全球经济增长的放缓以及美国次贷危机后全球金融动荡的加剧，人们对出现金融危机的担忧有所增加。有人产生了一种忧虑，认为股指期货上市也会在我国引发金融危机。通过分析主要的金融危机事件，可以很明显地看出，股指期货和金融危机没有必然联系，股指期货上市不会在我国引发金融危机。

➤ 现代金融危机的核心是货币危机

相较于股指期货的短暂历史，金融危机的历史要长得多，股指期货和金融危机并没有必然的因果关系。

在股指期货诞生前的很长时期，金融危机一般由货币危机、债务危机或者银行危机引发，与有没有股指期货并不存在直接关系。到了20世纪80年代之后，由于全球经济由实体经济时代逐步发展到了金融经济时代，金融在国民经济中的比重和地位大大提高，爆发了多次金融危机，例如，1982年墨西哥金融危机、1992—1993年的欧洲货币危机、1993—1995年墨西哥金融危机、1997—1998年亚洲金融危机、2001—2002年阿根廷金融危机等。仔细分析隐藏在其背后的原因，虽然部分危机中的确存在一些股指期货交易，但其根本原因并不是股指期货，核心都是货币危机，最多也只是波及到股指期货市场，没有任何证据证明是股指期货引发了金融危机，或者在金融危机中助纣为虐。例如，墨西哥金融危机是在没有金融期货市场的前提下，过度扩张场外交易形成的，亚洲金融危机则几乎完全是由于政府放松金融监管，加之新兴市场金融体系不完善所引致的。

➤ 历史上金融危机大多数发生在尚没有股指期货的市场

纵观全球经济发展史，我们会看到：历史上金融危机大多数发生在尚没有股指期货的市场，而不是发生在有股指期货的市场；无论是成熟市场还是新兴市场，更没有出现过由股指期货引发金融危机的先例。

在1982年股指期货出现之前，全球已经爆发过多次金融危机，这自不用说。而1982年后爆发过的几次金融危机，包括1982年墨西哥金融危机、1993—1995年墨西哥金融危机、1997—1998年亚洲金融危机等，大多数也发生在尚没有股指期货的市场。1982年和1994—1995年墨西哥爆发金融危机，而墨西哥是2003年1月2日才上市股指期货的；1997—1998年涉及多国或地区的亚洲金融危机中，当时的泰国、韩国、印度尼西亚、马来西亚等大部分国家是还未上市或正打算上市股指期货，只有韩国是1年前的1996年3月刚刚推出股指期货，而事实上韩国也是这些国家中元气恢复最快的，其中不乏股指期货的积极作用；2001—2002年阿根廷金融危机爆发时，阿根廷也没有股指期货。

➤ 金融危机发生的根本原因是经济基本面出现重大问题

认为股指期货上市会引发金融危机的观点，似乎是说：金融危机可以凭空产生，可以人为造成。事实并非如此，金融危机的出现往往是内外多种因素作用的结果，可能源于国际游资的冲击，也可能源于本身经济运行的问题或金融体制的缺陷，还可能是不恰当地使用金融工具所致，等等。但其最根本的原因却是经济基本面出现了重大问题。

这一点连大投机家索罗斯也直言不讳。索罗斯就认为，他所进行的投机攻击，是在寻找市场的重大缺陷和漏洞。

所以，在一个经济基本面没有重大缺陷的市场，仅仅因为股指期货上市就会出现金融危机，既缺乏说服力，更是无例可循。

➤ 股指期货的内在机制可以有效减缓金融危机的冲击力度

股指期货的套期保值、双向交易等内在机制，会在市场过度偏离时出现反向力量，减轻股票现货市场的抛压，减少市场波动幅度，有助于提高金融市场的抗风险能力，由此有效减缓金融危机的冲击力度。

这方面有两个很好的例子，一个是20世纪90年代初日本经济泡沫破灭后股市大跌；另一个是21世纪初美国网络经济泡沫破灭后纳斯达克市场大跌，由于都有股指期货作为风险规避的有力工具，两个市场在跌幅超过60%的情况下，并未引发国内金融危机。

次贷危机爆发后，每当股票市场出现下跌，股指期货的交易量就急剧增加，这对股票市场稳定运行和自我恢复起到了重要作用。一些大型基金和保险资金等机构投资者，通过在股指期货市场上的套期保值，有效地规避了自己投资组合市值下跌的风险，也大大降低了大量抛售股票可能带来的冲击效应和"多杀多"局面的出现。

➤ 结论：股指期货上市不会引发金融危机

股指期货是一个中性的金融工具，本身并不会引发金融危机。就我国而言，在可预见的最近几年，强劲的经济基本面因素，巨大的外汇储备和人民币处于上升通道的预期，政府部门日趋成熟的宏观调控能力，以及监管机构丰富的监管经验，使得我国爆发大规模金融危机的可能性非常小，股指期货上市更不会在我国引发金融危机。

股指期货是"奢侈品"
还是"必需品"?

有人认为，股指期货是高端的金融衍生产品，因而是成熟市场的专利，对于新兴市场而言，它是一种可有可无的"奢侈品"。从全球资本市场发展的实际情况出发，这一观点有失偏颇，它没有真正认识到股指期货对股市发展的重要意义。

从全球资本市场的发展情况看，全球较有影响力的股票市场，都有与之相配套的股指期货市场。股指期货已经成为股票市场发展的必需品，是现代资本市场不可或缺的构成部分和有效的避险工具，而不是仅仅供发达国家独享的"奢侈品"。特别是对我国股票市场来说，要想建成具有国际影响力的股票市场，股指期货绝非可有可无。理论和现实均证明，对股指期货的恰当运用，会对股市带来一种内在的稳定力量。

> **股指期货是一种基础工具，是现代资本市场健康发展的"必需品"**

股指期货是一种与股票交易密切配合的基础性工具。在国际成熟市场上，利用股指期货交易替代股票买卖来规避风险，是一种被机构普遍使用的交易手段。股指期货等衍生工具的重要作用之一就是能够作为股票市场的补充，帮助释放股市波动的压力，对市场整体稳定有巨大帮助。有了股指期货后，机构可以通过在期货市场直接做空，而不必真正抛售股票，来达到规避系统性风险的效果，这样就减缓了对现货市场的直接冲击。让我们看看这次危及全球的次贷危机中股票市场的反应。自美国爆发次贷危机以来，主要股票市场指数应声下跌，次贷对资本市场的冲击可谓愈演愈烈，令人谈虎色变。然而事到最后，爆发次贷危机的本土市场的指数跌幅竟然小于欧洲、日本及中国香港等市场，更是远远小于经济高速增长的中国 A 股市场，而且这还是在美国对涨跌幅不做限制的前提下实现的，这不能不引起我们的深思。

数据显示，每当重大事件导致美国市场股票指数发生剧烈波动时，相应股指期货成交量也会明显放大。股指期货成为投资者自发选择的一种基本投资工具和避险工具，由此使得股指期货被广泛使用到股票市场发展的各个阶段和各种情况，成为一种无论对于投资者而言还是对于股票市场发展而言都极为必需的基础产品。

就我国而言，一方面是股市大起大落；另一方面是基础性避险工具的匮乏，股票市场的运行就好像缺了一只脚的人走路一样磕磕碰碰，缺乏稳定性。市场的发展急需能够规避各种风险和冲击以实现稳定运行的避险工具，股指期货就是满足这一需求的基础性产品。健全的金融市场并不需要提供千百种工具，因为这会带来极高的社会成本。而比较有效率的方式是只提供特性不同的基础金融工具。比如股指期货，它既可以满足投资者套期保值的需求，又可以满足套利者追求低风险收益的需求，还可以满足投机者逐利的需求。

近年来机构投资者是证监会一直着力培养的对象，现阶段我国机构投资者在股票市场所占份额，从持有股票市场流通市值的角度看已经接近50%，其中基金占到25%。单纯从数量上看已经非常庞大，但是某些时候这些机构投资者在市场当中并没有发挥出应有的稳定力量。其行为甚至和中小投资者差不多，存在趋势投资的特征。出现这个状况的一个原因就在于缺少多元化的投资工具，缺少更多的投资产品以及相应的交易策略，机构的优势发挥不出来，致使投资行为都趋同于中小投资者，成为股票市场的"大散户"。股指期货推出来以后，机构投资者可以藉此设计更加丰富的策略，增加投资的技术含量。国际间，股市也是处于上下调整中，比如纳斯达克的调整就很巨大。但是市场上的表现优异的基金盈利仍然能够保持增长，其原因就在于机构早已在利用股指期货规避风险方面得心应手，驾轻就熟。股指期货已经成为机构竞争和长期发展的"居家必备"。

➤ 股指期货的发展已多点开花，并非资本市场的"奢侈品"

继 1982 年推出价值线指数期货以来，相关金融期货交易所以及股指期货合约如雨后春笋般涌现。随着全球经济的迅速发展以及各国对资本市场全面发展的重视，股指期货已经不是发达资本市场的专利，大部分有股票市场的国家都有股指期货与之相配套。除了美国、英国、韩国、日本、中国香港、新加坡等成熟资本市场已经具备规格完备的股指期货合约和庞大的成交量之外，新兴市场也异军突起。与中国同为"金砖四国"的印度和巴西市场，股指期货交易已经非常活跃，在全球股指期货市场占据重要地位；而泰国、芬兰、挪威等国民生产总值不及中国的较小市场，股指期货的发展也已经走在中国前列。可以这么讲，有股票市场就应该有股指期货。市场发展到今天，股指期货已经不是新鲜的事物，也不是一个可有可无的东西，而是一个与股票市场发展相互依存、相互促进的必要产品。

➤ 正本清源，平常心态待期指

股指期货、股指期权等金融衍生品都是股票现货产品的一个补充、一个延伸，是资本市场的一个重要组成部分。投资者们应该认识到，股指期货既不是天使也不是魔鬼。不是天使，因为股指期货无法左右股票市场的长期走势，它没有这个能量。同时它也不是魔鬼，大牛市、大熊市、大调整不会因为它的出现而爆发。股指期货在上市之前，似乎就被舆论冠以这样的双面性：牛市的时候会引发一轮重大调整行情；熊市的时候就是一种救市工具。事实上各种各样的案例、数据都证明，这个工具不是解决这些问题的。所以投资者要走出这个认识误区，不要对这个品种寄予这么多的期望，股指期货没有这种功能。股指期货对于资本市场而言，是一个基础性的避险工具、一项基本的制度设计。我们应该返璞归真，以平常心来看待这个在国际上已经非常成熟和成功的金融创新产品。

这两年有股指期货的国家
股市波动为什么都比
我国小？

近两年来，不仅是我国股市出现了剧烈波动，全球股市都在经历着一个波动频繁的时期。然而，如果对全球主要股票市场波动情况进行比较的话，我们发现，这两年中，我国股市的波动比很多国家和地区要大得多（见表5）。为什么会出现这样的情况呢？

表5　次贷危机一年来全球股票市场股价指数涨跌幅情况
（截至 2008 年 8 月 13 日）

	次贷危机以来最低点指数	2008 年 8 月 13 日指数	比 2007 年底涨跌幅（%）	2007 年底比 2005 年底涨跌幅（%）	比最高点指数涨跌幅（%）	最低点比最高点指数跌幅（%）
道琼斯指数	10828.73	11561.38	−12.84	23.77	−18.57	−23.73
标准普尔 500 指数	1240.54	1283.24	−12.61	17.63	−18.58	−21.29
NASDAQ100 指数	2155.42	2424.96	−8.57	20.27	−15.26	−24.68
英国 FT 100 指数	5071.10	5456	−15.50	14.52	−19.22	−24.92
法国 CAC 40 指数	4002.21	4429.24	−21.10	19.06	−28.19	−35.11
德国 DAX 指数	6007.47	6471.99	−19.78	49.17	−20.41	−26.12
日经 225 指数	11387.51	13023.05	−14.93	−6.34	−28.84	−37.77
香港恒生指数	19386.72	21293.32	−23.46	87.01	−33.37	−39.34
台股加权指数	6708.46	7292.34	−14.27	29.90	−26.04	−31.96
印度 BSE SENSEX 指数	12822.75	15093.12	−25.60	115.96	−28.83	−39.53
印度 S&P CNX Nifty 指数	3911.26	4529.05	−26.22	116.41	−28.76	−38.47
巴西 BVSP 指数	44937.65	54324.61	−14.97	92.79	−18.34	−32.45
上证综指	2370.74	2446.3	−53.51	353.17	−60.05	−61.29
深证成指	672.25	697.15	−51.82	419.13	−56.00	−57.57
沪深 300 指数	2369.58	2444.67	−54.20	478.08	−58.51	−59.78

　　资料来源：海通证券研究所。

从 2005 年初到 2008 年 8 月中，海内外 19 个股票市场的每日最大波动幅度的平均值为 1.70%。与此相比，我国股票价格指数的波动性明显偏大。统计显示，我国上证综合指数 2006 年 1 月 4 日至 2008 年 1 月 18 日共计 493 个交易日的日均波动幅度高达 2.328%，我国沪深 300 指数 2006 年 1 月 4 日至 2008 年 1 月 18 日共计 493 个交易日的日均波动幅度高达 2.408%。显然，我国股票市场波动性在全球主要市场中处于前列。

2005 年至 2007 年底，我国 A 股的沪深 300 指数涨幅高达 478%，涨幅居全球前列，而 2008 年以来，国内市场跌幅也居全球主要市场前列，下跌幅度超过了惊人的 60%。截至 2008 年 8 月 13 日，国内市场上证综指、深证成指、沪深 300 指数比 2007 年底分别下跌 53.51%、51.82% 和 54.20%，而比其最高点则分别下跌了 61.29%、57.57% 和 59.78%。

这里，我们明显发现，这两年有股指期货的国家股市波动都比我国小。即使是爆发次贷危机的美国，到 2008 年 8 月底，其股市比 2007 年底的跌幅只有 15% 左右；而跟中国情况相似的印度跌幅在 25% 左右，同属"金砖四国"的巴西跌幅为 14.97%。

那么，为什么有股指期货的国家股市波动都比我国小？除了各市场自身的运行规律外，股指期货的做空、套利、套期保值等交易机制，也使得股票市场交易机制更趋完善，为股票市场增加了平衡稳定机制，改变了单边市场刚性运行的特点，有利于减少市场大起大落的现象。

股指期货最基本的功能就是套期保值、规避风险，特别是当股市出现下跌的时候，投资者在股指期货市场进行卖空，对冲持有股票的风险，有利于减少股市下跌带来的损失，并防止大规模抛售引发的股市进一步大跌，对于减缓股市下跌的力度，降低市场的波动幅度具有极其重要的作用。

股指期货推出后股票现货
市场会涨还是会跌？

关于股指期货推出后对股票市场走势的影响，一直是个热门话题。股指期货作为股票现货市场的衍生产品，其推出是否会影响股票现货市场的根本走势？股指期货推出后，股票现货市场到底是涨还是跌？以下通过分析影响股票现货市场的基本因素及对海外市场经验的总结，可以看到，股票现货市场的走势主要受宏观经济基本面等影响股票内在价值的因素影响，股指期货推出不会决定股票市场的根本走势，股市是涨还是跌没有规律可言。

➤ 从理论上讲，股票价格的走势主要取决于股票的内在价值

影响股票内在价值的因素主要可以分为国际、国内宏观经济走势，货币、财政政策等宏观因素及公司所处行业景气度、公司自身盈利情况等微观因素。从现货市场来讲，最终影响股票价格和股市走向的，还是投资者对上市公司的经营与盈利状况的预期。股指期货作为股票现货市场的衍生品，其定价是以股票现货指数为基础的，股指期货合约到期后，还要根据股票现货价格进行交割结算，也就是说合约到期时，股指期货价格向股票现货价格强制性收敛。而在合约到期前，套利机制的存在将使得股指期货的价格围绕现货指数上下波动。因此，股票现货市场走势决定了股指期货市场的趋势，而不是相反。同时，股指期货也不会影响股票市场的内在价值。股指期货在推出时可能会给股票市场运行带来小幅波动，但这只不过是短期内的微小影响，并不会改变股票市场的基本走势，也完全不可能撼动股票市场的强大根基。

➤ 海外市场经验表明，股指期货的推出不改变股票现货市场走势

考察美国、日本、法国、德国、中国香港、中国台湾、韩国、印度、马来西亚和泰国共 10 个全球主要市场股指期货推出前后股票市场的走势，不管是成熟市场还是新兴市场，股指期货推出前后，有涨有

跌，没有定律。10个股票现货市场指数在股指期货推出前后一年内，涨跌情况各不相同，并没有一定出现"推出前上涨、推出后下跌"的情况（见表6、表7）。

从海外市场实践经验，基本上可以得出股指期货上市不改变股票市场运行趋势的结论。

表6　全球主要股指期货推出后对应指数的涨跌幅度比较　　单位:%

国家或地区	美国	中国香港	法国	德国	日本	韩国	中国台湾	印度
指数 涨跌幅	标准普尔指数	恒生指数	CAC40指数	DAX30指数	日经225指数	KOSPI指数	TWSE指数	Nifty指数
前6个月	−3.65	9.25	30.25	−19.02	5.89	−2.43	−1.85	0.05
前3个月	−0.03	8.05	12.43	−2.43	−2.78	9.55	−5.82	−10.13
后15天	2.56	−3.40	−0.55	1.99	3.46	−3.80	−6.01	0.97
后1个月	0.72	−5.90	0.64	−4.62	3.67	−7.10	−9.26	6.45
后3个月	−3.72	1.59	13.86	6.68	9.68	−14.66	−11.67	1.89
后6个月	20.17	20.05	12.43	11.42	18.68	−20.70	−20.34	−7.43
后1年	38.31	50.30	21.07	7.88	27.53	−27.01	−2.05	−21.75
推出时期	牛市初期	牛市	牛市	牛市	牛市后期	亚洲经济	亚洲经济	新经济泡沫破灭

资料来源：BLOOMBERG。

表7　全球主要股指期货推出后现货市场走势情况

期货品种	交易所	上市时间	上市情况
标准普尔500指数期货	CME	1982年2月16日	推出前涨，推出后跌，但长期牛市随后到来
金融时报100指数期货	LIFFE	1984年5月3日	推出前小涨，推出后短调，其后连续17年牛市
恒生指数期货	HKEX	1986年5月6日	牛市中推出，推出前恒生指数突破新高，推出后调整两个月，后反弹上涨

续表

期货品种	交易所	上市时间	上市情况
日经 225 指数期货	SGX	1986 年 9 月 3 日	牛市途中推出,推出后有小跌,但长期趋势不改
法国 CAC 40 指数期货	Eurex	1988 年 11 月 9 日	大熊市之后的调整期推出,多空双方拉锯后股指逼空上扬
德国 DAX 股指期货	DTB	1990 年 11 月 23 日	牛市中推出,推出前一年走势强劲,推出后一年走势减弱,但不改股市长牛格局
韩国 KOSPI 200 指数期货	KRX	1996 年 5 月 3 日	熊市中推出,前涨后跌,期指无法改变市场长期运行趋势
台湾综合指数期货	TAIFEX	1998 年 7 月 21 日	东南亚金融危机后的熊市中推出,推出前涨,推出后大跌
印度 Nifty 期指	NSE	2000 年 6 月 21 日	推出前半年,标的指数保持上涨趋势,推出后短期下跌,但长期走势向好

资料来源:海通证券研究所。

海外各市场的实际情况是,既有"推出前下跌、推出后上涨"(法国、中国香港),又有"推出前上涨、推出后下跌"(中国台湾);既有"推出前上涨、推出后仍上涨"(日本、德国),又有"推出前下跌、推出后仍下跌"(韩国);既有"推出前持平、推出后上涨"(马来西亚),又有"推出前持平、推出后下跌"(美国、泰国);还有"推出前上涨、推出后持平"(印度)。就 10 个主要股市的平均值而言,股指期货推出前后 100 天时的指数价格基本变化不大。这充分说明,股指期货推出对现货市场的影响,并无任何"放之四海而皆准"的共同趋势、普遍铁律和统一结论,具体情况完全取决于当时现货市场的自身现状、生态环境以及公司盈利。股市涨跌自有其内在规律,特别是与其本身处于牛市还是熊市以及市场估值水平有关,并不因为股指期货推出而变成千篇一律的"先上涨、后下跌",也没有仅因为推出股指期货，而导致由牛市变为熊市的情况。

综合来看，股票市场指数的走势主要依赖于股票市场的基本面因素，如国内外宏观经济增长及其前景预期，利率、汇率水平，上市公司盈利状况等。例如，标准普尔500指数期货推出之际正为牛市之初，因此延续了指数上涨趋势，推出一年内指数上涨了38.31%。而那些股票市场走势在股指期货推出后出现明显下跌走势的市场，往往是其经济体系本身恰好处于特殊时期。又如，中国台湾地区在1998年推出股指期货时，亚洲金融经济危机尚未结束，因此在股指期货推出后现货指数出现下跌，这与股指期货是否推出其实并无内在关联。

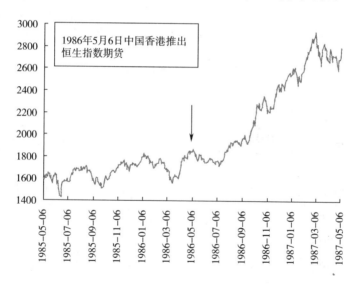

图6　香港恒生指数期货推出前后现货指数走势

应当注意的是，股指期货在一定程度上具有发现价格的作用，但这种作用仅仅是短期的，大部分是因为时间差的存在而出现的（一般来说，股指期货比股市开盘时间要略早），并不能主导或控制股票市场的基本走势，甚至有时连时间差带来的价格信号也会变得模糊不清。例如，欧洲市场要比美国股市开盘早六七个小时，但道琼斯指数期货

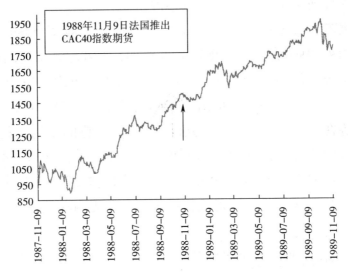

图7　法国 CAC40 指数期货推出前后现货指数走势

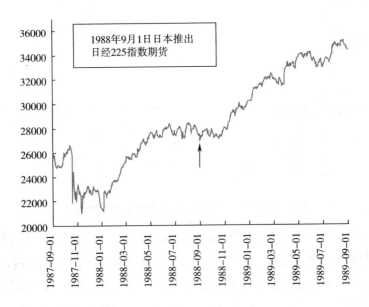

图8　日经 225 指数期货推出前后现货指数走势

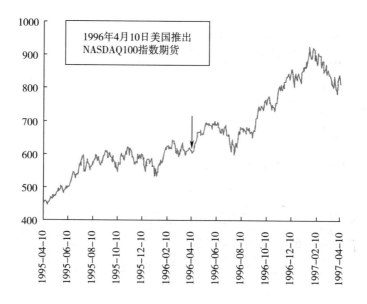

图9　NASDAQ100 指数期货推出前后现货指数走势

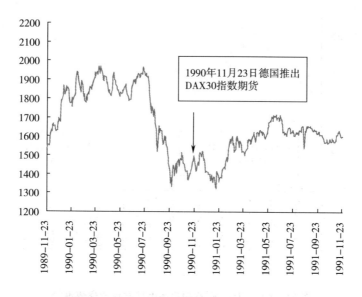

图10　DAX30 指数期货推出前后现货指数走势

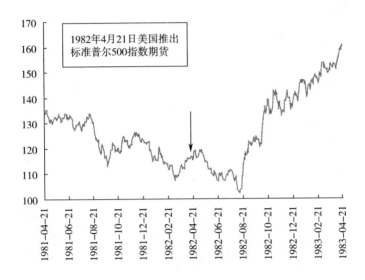

图 11　标准普尔 500 指数期货推出前后现货指数走势

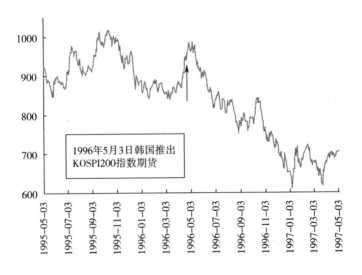

图 12　KOSPI200 指数期货推出前后现货指数走势

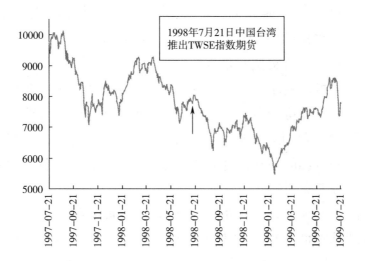

1998年7月21日中国台湾
推出TWSE指数期货

图13　TWSE 指数期货推出前后现货指数走势

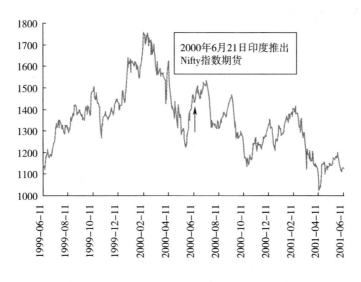

2000年6月21日印度推出
Nifty指数期货

图14　Nifty 指数期货推出前后现货指数走势

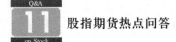
在欧洲的交易价格对其后在美国开盘的期货价格，尤其是对在美国开盘的现货价格并无任何影响，美国市场依旧是独往独来、我行我素。莫非是在美国交易的股指期货具有价值发现的神奇功能，而在欧洲交易的期货则不然？答案显然是否定的。

当然，股指期货不能决定股票价格走势，这也并不意味着期货信号就不具有任何实际价值。股指期货远期合约与近期合约存在着到期日上的差异，二者相对于现货指数的不同价差，就在一定程度上反映了人们对未来市场的预期，这对于当前的投资决策和资产的战术配置，有着重要的参考意义。

从国内情况来看，强劲的经济基本面因素使我国资本市场的发展具有良好的基本面支撑，股市作为宏观经济"晴雨表"的功能也得到了比较充分的体现。根据股指期货与股票市场的关系，从中长期来说，我国股指期货推出不会影响股票市场的估值，不会决定股票市场的走势。我国 A 股市场走势的关键影响因素依然是经济增长率、汇率、利率和企业利润增长率等。

股指期货究竟是不是股市的
"减震器"？

有关股指期货对股票现货市场的影响，关注焦点之一是股指期货上市对股票现货市场波动性的影响。股指期货上市，会加大股市的波动，还是会成为股市的"减震器"？

海外学者对现有股指期货市场进行了大量研究，结果发现，总体上各个股指期货市场与其相应的股票现货市场在收益率和波动性方面是基本一致的（见表8），短期内股指期货对股市波动没有明显影响，而在一个较长时期内，股指期货的确能够起到降低股市波动的作用。

表8　股票市场与期货市场波动性基本一致　　　　　　　　　单位:%

国家或地区	股指期货标的指数	上市时间	股指期货日收益率标准差	现货指数日收益率标准差	标准差变化
美国	标准普尔500指数	1982年4月21日	1.18	1.19	基本一样
中国香港	恒生指数	1986年5月6日	1.50	1.35	期指略大
日本	日经225指数	1988年9月3日	1.47	1.43	基本一样
英国	FTSE 100指数	1984年5月3日	1.19	1.18	基本一样
法国	CAC 40指数	1988年11月9日	1.49	1.49	基本一样
德国	DAX指数	1990年11月23日	1.66	1.69	基本一样
加拿大	TSX指数	1987年5月12日	1.16	1.15	基本一样
中国台湾	台指加权指数	1998年7月21日	1.91	1.68	期指略大

➤ 短期内股指期货对股市波动并无影响

短期看，股指期货在增加或者降低股市波动性方面并无明显证据，从海外主要市场运行情况看，股市运行仍会按既定规律，在既有的经济基本面因素下运行，股指期货不会在短期内增加或者降低股市的波动性（见表9）。

表9 股指期货推出对现货波动性的影响：短期不确定 单位:%

国家或地区	股指期货标的指数	上市时间	股指期货上市前一年日收益率标准差	股指期货上市后一年日收益率标准差	标准差变化
美国	标准普尔 500 指数	1982 年 4 月 21 日	0.89	1.15	增大
中国香港	恒生指数	1986 年 5 月 6 日	1.26	1.21	基本不变
日本	日经 225 指数	1988 年 9 月 3 日	1.60	0.56	减小
英国	FTSE 100 指数	1984 年 5 月 3 日	0.89	0.94	基本不变
法国	CAC 40 指数	1988 年 11 月 9 日	1.51	0.92	减小
德国	DAX 指数	1990 年 11 月 23 日	1.57	1.45	基本不变
加拿大	TSX 指数	1987 年 5 月 12 日	1.16	0.92	减小
中国台湾	台指加权指数	1998 年 7 月 21 日	1.63	1.64	基本不变

资料来源：海通证券研究所。

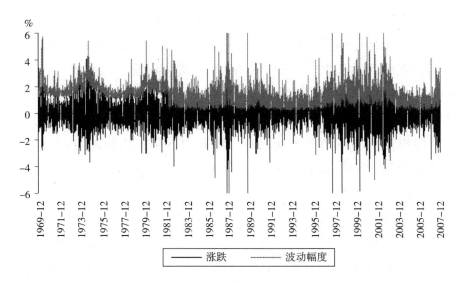

资料来源：海通证券研究所。

图15 1969 年 12 月 31 日以来标准普尔 500 指数涨跌幅及波动幅度

➤ 长期内股指期货有利于降低股市波动性

通过对长期数据的分析，可以发现股指期货对降低股票市场的波动性具有显著作用。统计显示，1969 年 12 月 31 日至 2008 年 1 月 18 日共计 9603 个交易日，美国标准普尔 500 指数的日均波动幅度为 1.418%（见图 15）。在芝加哥商业交易所（CME）推出标准普尔 500 指数期货前的 3106 个交易日，标准普尔 500 指数的日均波动幅度高达 1.872%，而推出后的 6497 个交易日，标准普尔 500 指数的日均波动幅度下降为 1.2004%。

目前新兴市场影响最大的股指期货是印度的 S&P CNX Nifty 股指期货，该指数期货 2007 年交易量排名全球第三位，成交量达到了 1.38 亿张合约。

印度股指期货推出前后股票市场波动性差异较大。统计显示，1995 年 11 月 3 日至 2008 年 1 月 18 日共计 3091 个交易日，印度的 S&P CNX Nifty 指数的日均波动幅度为 2.041%。在国家证券交易所（NSE）2000 年 6 月 21 日推出 S&P CNX NIFTY 股指期货前的 1147 个交易日，S&P CNX NIFTY 指数的日均波动幅度高达 2.189%，而推出后的 1944 个交易日，S&P CNX NIFTY 指数的日均波动幅度下降为 1.953%。

印度老牌的孟买 BSE SENSEX 指数波动性降低更加明显。1997 年 7 月 1 日至 2008 年 1 月 18 日共计 2614 个交易日，BSE SENSEX 指数的日均波动幅度为 1.928%（见图 16）。在国家证券交易所推出 S&P CNX NIFTY 股指期货前的 722 个交易日，BSE SENSEX 指数的日均波动幅度高达 2.337%，而推出后的 1944 个交易日，BSE SENSEX 指数的日均波动幅度下降为 1.765%。

另一个具有代表性的市场是我国的台湾。由于具有相似的文化背景和投资者结构，台湾股票市场和中国大陆有很多相似的地方。1987 年 1 月 7 日至 2008 年 1 月 18 日台湾台股加权指数日均波动幅度为 1.8371%；1998 年 7 月 21 日台指加权指数期货上市前日均波动幅度为 1.969%，加权指数期货上市后日均波动幅度降为 1.658%（见图 17）。

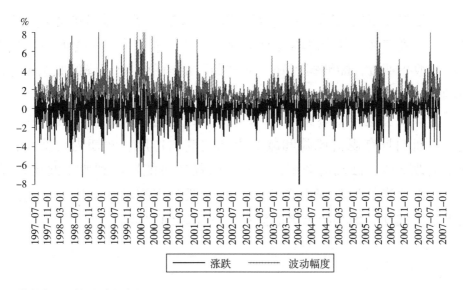

资料来源：海通证券研究所。

图 16　1997 年 1 月 4 日以来印度 BSE SENSEX 指数涨跌幅及波动幅度

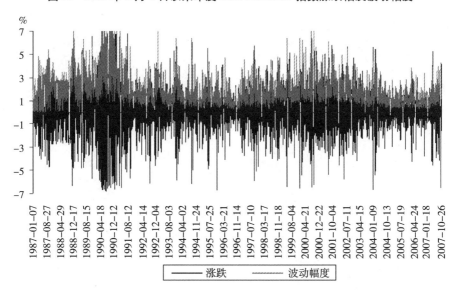

资料来源：海通证券研究所。

图 17　1987 年 1 月 7 日以来台股加权指数涨跌幅及波动幅度

　　上述典型案例说明，虽然股指期货对股票市场波动性的影响在中短期具有不确定性，各个波段也有差异，但从中长期看，一个具有深度和广度的股指期货，能够担当好"减震器"的角色，有望降低股票市场的波动性。

　　为什么会这样，答案很简单。股指期货是风险管理工具，其内在的交易机制具有规避风险和减少市场震荡的作用。短期内，虽然它可能不会改变股市波动的频率，甚至有时候还可能影响到股市波动频率，但在一个相当长的时期内它的确能够降低股市波动的幅度，使之由大起大落的波动变为小幅频繁的波动，从而起到"减震"作用。

股指期货是救市手段吗？

股票市场的投资者一般都比较关心股指期货什么时间推出，而且在不同时间段对股指期货的看法很不相同。2007 年上半年的时候，大盘一路高歌猛进，投资者担心股票涨这么多，推出股指期货会打压指数，但是等到 2007 年 11 月份以后，大盘"跌跌不休"，市场人气涣散，于是又转而把救市希望寄托在尽快推出股指期货上来了。出现这些看法的根本原因在于，投资者对股指期货与股票现货市场的关系不是很清楚，总认为股指期货能够决定股市的涨跌。

在 2008 年股市持续大跌的情况下，沪深 300 股指期货上市能够成为救市的手段吗？从股指期货的本质上看，它是一种有效的风险管理工具而不是救市手段，但在股市缺乏避险工具且出现大跌的时候，推出股指期货的确有利于股市的稳定运行。

➤ 股指期货是风险管理工具而不是政策调控手段

股指期货从本质上看，就是一个工具，一个风险管理工具，一个投资组合工具，并不是政府调控市场运行的手段，它不具有那么多的政策调控使命。推出股指期货后，因为有看多的，有看空的，会增加市场交易活跃度，但除了刚开始面临和股票现货市场接轨并寻找两个市场价格结合点会带动两个市场价格发生一些波动外（而且价格变动趋势还并无定律），大部分时间里它对股票市场基本走势并没有决定性影响。推出股指期货并不能一定达到鼓励市场全面做多的目的。股指期货推出后市场反映如何，关键还是看股市所处的阶段和基本面因素情况如何。

➤ 股票现货市场决定股指期货市场

虽然股指期货市场远期合约的价格运行能够在一定程度上代表市场对未来走势的预期，但本质上股指期货只是股票市场的衍生品，是股票市场的延伸和补充。所以，股票市场是根本，股票现货市场决定股指期货市场的最终走势，而不是相反。

股票市场和股指期货市场的关系恰似人和影子的关系。股票市场扮演人的角色，股指期货则是人的影子。根据光照的不同角度，影子有时走在人的前面，有时候也会走在人的后面。而正午时分，人和影子会重合，就如同股指期货合约到期交割时，股指期货价格和股票现货指数价格完全一样。

所以推出股指期货不一定能让市场就此全面上涨，推出后的走势不会也不可能长期背离股票市场的基本面，更不可能无视市场的根本因素而创造价格，影响股票市场。而且股指期货交割制度的设计确保了两个市场一旦脱节、出现较长时间非理性差距时，套利行为会将其拉回正常轨道上来。

➤ 股指期货对摆脱目前股市困境具有积极意义

从 2007 年 11 月以来我国股市出现的暴跌，原因是多方面的，既有境内的，又有境外的，最核心的，还是基本面因素，以及前期上涨速度过快形成了泡沫、投资者信心受到打击等因素。真正要让股市摆脱困境，必须要从基本面着手，改变股市运行的外部环境，而不能仅仅寄希望于股指期货救市。正如没有股指期货，我国股市依然从 6000 点下跌到 2000 点一样，推出股指期货，也不会改变导致股市下跌的基本面因素，就能让市场一路涨至 6000 点。

但是，目前推出沪深 300 股指期货，可以帮助股票机构投资者通过建立股指期货空头来进行套期保值，不用卖出股票就可以有效规避风险，这样会大大减缓股票现货市场的抛压；同时，股指期货推出后，市场会基于对中国经济前景看好的预期，在股指期货远期合约上建立多头头寸，促使远期合约价格首先止跌企稳，有利于重塑股票现货市场信心，这对于市场信心不足引起的恐慌性下跌具有非常正面的稳定作用。

所以，虽然我们不能把股指期货作为救市手段，但我们也要充分认识到在行情低迷和市场信心弱化的阶段推出股指期货的重要作用和迫切意义。股指期货的避险功能，的确可以起到缓解大盘下跌压力的作用，对摆脱目前股市困境具有积极意义，这点我们应当充分肯定。

股指期货上市是否会分流
股市资金？

股指期货市场衍生自股票现货市场，是服务于现货市场的辅助性工具。套期保值、套利等交易方式的存在，使得两个市场有共同的参与群体。这样就带来了一个疑问：股指期货的上市是否会分流股市现有资金，导致股市交易量明显萎缩？从海外股指期货发展的实际情况看，股指期货为股市提供了规避系统性风险的工具，吸引大批闲置资金入市，股市的规模和流动性不仅不会降低，反而将会有较大的提高。股指期货市场和基础股票市场的交易量将呈双向推动态势。

➤ 实证研究表明股指期货和股票交易具有相互促进的关系

对海外股指期货市场的实证研究表明，股指期货和股票现货交易具有相辅相成、相互促进的关系，股指期货的推出，短期内可能会影响股票市场交易量，但从中长期来看，会使股票市场和期货市场交易量均得以显著增长，并将增加现货市场的深度和流动性。

Kuserk 和 Cocke（1994）对美国股市进行的实证研究表明，开展股指期货交易后，由于吸引了大批套利者和套期保值者入市，股市的规模和流动性都有较大的提高，且股指期货市场和基础股票市场的交易量呈双向推动态势。虽然，股指期货的市场规模可能超过股票市场，但这是场外资金大量流入造成的，而且也对股市流动性具有长期推动作用。Damodaran 等（1990）对标准普尔 500 指数样本股所作的实证研究表明，开展股指期货交易后的 5 年间，指数样本股的市值提高幅度为非样本股的 2 倍以上。这说明，股指期货的推出促进了指数成分股的交易活跃性，提高个股的流动性。

➤ 国际市场直观显现"双向推动"态势

1996 年 5 月 3 日，韩国证券交易所正式开始 KOSPI200 指数期货交易。韩国推出股指期货后，股指期货交易量和股票市场交易量都有不同程度的增加（见图 18）。1996 年股指期货推出当年的交易量为 27.2 万亿

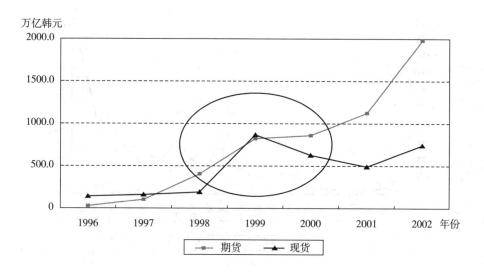

资料来源：BLOOMBERG。

图18 韩国期货现货交易量对比图走势

韩元，股票市场交易量为 142.6 万亿韩元；而在 1999 年期货交易量达
821.4 万亿韩元，股票市场交易量达 866.9 万亿韩元，股票市场交易量增
长了 508%。韩国的经验表明，股指期货推出不但没有分流股票市场资
金，反而推动股票市场交易金额上升，实现了两个市场的共同发展。

中国香港 1986 年推出恒生股指期货后，股票交易量在当年就增长
了 60%，随后股票交易量不断增加（见图 19）。李存修等学者（1998）
以香港恒生指数期货为例，研究了股指期货对股票市场成交量的影响。
他们以周转率作为流动性的判断指标。恒生指数期货上市后，成分股
及非成分股的周转率都增加 80% 以上，可见市场流动性显著增加，期
货与现货成交量呈相互促进作用。

我国台湾地区股指期货推出之后，交易量一度远远低于股票市
场，随着市场发展，人们对股指期货的熟悉度逐步上升，股指期货交
易量逐步上涨（见图 20）。股票市场经过调整之后，两个市场表现出
相互促进的态势。

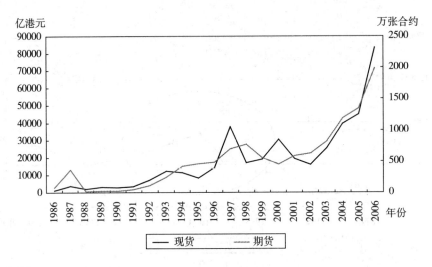

资料来源：BLOOMBERG。

图 19　香港期货现货交易量情况

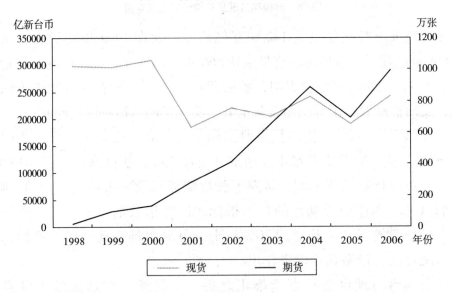

资料来源：BLOOMBERG。

图 20　台湾期货现货交易量情况

综上所述，韩国、中国香港、中国台湾等国家和地区股指期货推出后，股票市场交易量都有明显提高，原因就在于股指期货推出提高了资金入市交易的安全性和积极性，加快了资金入市步伐。股指期货推出后，从长远看，资本市场的规模和流动性都将得到明显的提高；同时，资金也会偏重于流向股指期货标的指数中的成分股，对于改善股票市场资金流向、提高资金使用效率都具有积极意义。

> **国内市场从来就不缺资金，缺乏的只是信心**

股指期货上市，对国内股市的资金分流将微乎其微。这是因为，国内市场从来就不缺资金，缺乏的只是信心。我们可以看到，在2007年股市泡沫比较严重的情况下，沪深股市总市值超过了38万亿元，流通总市值超过了10万亿元。而目前市场总市值和流通总市值减少了60%左右，主要是国内外经济形势造成的。而沪深300股指期货上市后，总体上占用的存量保证金也就在1000亿元左右，而且很多是新增资金或者原来商品期货市场的存量资金。

所以，沪深300股指期货上市短期内可能会对股票市场产生资金"挤出效应"，尤其是重视指数投资的部分投资者会转移投资股票市场的部分资金，但从资金量上看，由于股指期货通过保证金交易，推出股指期货对股票市场的"挤出效应"将相当有限。

长期来看，按照国际普遍经验，随着我国资本市场改革的逐步深化，必将实现两个市场的共同发展和共同促进。

场内交易和场外交易有什么重大差异？

在我国，大家对交易所内交易股票非常熟悉，因此一提到金融衍生品，总不由自主地和场内交易画上等号，很多人甚至觉得股指期货就等于金融衍生品。事实上，当我们提到金融衍生品交易的时候，其实是隐含着场内交易和场外交易两个不同市场上的交易。场内交易就是在交易所进行的有组织的集中交易，比如说股指期货交易就是场内交易，大家都向一个（交易所提供的）特定的系统同时报价，由系统撮合成交。场外交易通常是指金融机构对自行发售产品进行的一对一交易，交易双方直接讨价还价确定成交价格。银行发售的理财产品，大多属于场外交易。在场外市场，交易商通过电话及电脑网络，而不是交易所的系统进行交易。

尽管场内交易和场外交易的产品大多同属金融衍生品，二者也有一些相似的地方，交易规模也均增长迅速，但场内与场外衍生品市场在产品设计、市场定价、风险管理、市场监管及运行等诸方面，均存在很大差异。

➤ 场外衍生品市场数量庞大、种类繁多远远大于场内市场

全球场外衍生品市场数量庞大、种类繁多。据国际清算银行的调查结果，截至 2008 年 6 月，场外衍生品的名义价值达 683.73 万亿美元，较 2007 年 12 月的 596 万亿美元增长 14.85%，市场规模和产品种类远远大于场内衍生品市场。

➤ 场外利率类衍生品占绝对比重，场内股权类衍生品占绝对比重

从产品结构上看，场外衍生品和场内衍生品市场也存在重大差异。

在场外衍生品市场，截至 2007 年底的名义价值为 596 万亿美元，其中利率类衍生品的名义价值达到了 393.14 万亿美元，占比高达 65.99%，而股权类的名义价值仅为 8.508 万亿美元，占比仅为 1.43%（见表 10）。

表10 1998—2008年6月场外衍生品的名义价值

单位：10亿美元

年份	1998	1999	2000	2001	2002	2003	2004	2005	2006	2007	2008
总计	80309.40	88201.50	95199.50	111177.84	141665.15	197166.93	257894.30	297665.53	414845.08	596004.12	683725.46
外汇类	18011.14	14344.45	15665.72	16747.65	18447.91	24475.06	29288.99	31360.38	40270.90	56238.24	62982.68
远期与互换	12063.25	9593.44	10133.54	10335.68	10719.42	12386.53	14951.19	15872.86	19882.38	29143.71	31965.726
货币互换	2253.17	2443.95	3193.70	3941.89	4502.81	6371.30	8222.77	8503.92	10791.61	14346.68	16306.97
期权	3694.73	2307.07	2338.48	2470.09	3225.69	5717.24	6115.05	6983.62	9596.92	12747.87	14709.995
利率类	50014.69	60090.93	64667.58	77567.66	101657.67	141990.56	190501.95	211970.50	291581.50	393138.11	458303.94
远期	5755.69	6775.27	6423.00	7737.17	8791.99	10769.01	12788.66	14268.68	18667.89	26598.76	39370.224
互换	36261.58	43936.13	48768.12	58897.15	79119.94	111209.38	150631.33	169106.21	229693.07	309588.29	356771.584
期权	7997.41	9379.53	9476.46	10933.33	13745.75	20012.17	27081.95	28595.60	43220.52	56951.06	62162.192
股票类	1488.09	1809.43	1890.54	1880.97	2308.68	3787.13	4384.97	5793.21	7487.96	8508.74	10177.194
远期和互换	146.17	282.77	335.40	319.95	364.32	601.05	755.75	1176.53	1767.48	2233.01	2656.724
期权	1341.92	1526.66	1555.14	1561.02	1944.35	3186.08	3629.23	4616.69	5720.48	6275.74	7520.48
商品类	408.02	548.44	662.26	598.05	923.12	1405.91	1443.43	5434.50	7115.01	8999.77	13228.676
黄金	174.97	243.09	217.66	231.21	315.14	344.14	369.22	334.35	639.89	594.75	649.146
其他商品	233.05	305.35	444.60	366.84	607.98	1061.77	1074.21	5100.15	6475.12	8405.02	12579.53
远期和互换	136.55	162.51	248.45	217.04	402.37	419.94	558.45	1909.09	2812.52	5629.27	7560.53
期权	96.50	142.85	196.14	149.81	205.61	641.83	515.76	3191.06	3662.61	2775.75	5019.005
信用违约互换	—	—	—	—	—	—	6395.74	13908.29	28650.3	57893.972	57324.56
单名称工具	—	—	—	—	—	—	5116.764	10432.038	17879.28	32245.696	33334.056
多名称工具	—	—	—	—	—	—	1278.979	3476.247	10770.985	25648.274	23990.502
其他	10387.5	11408.3	12313.4	14383.5	18327.8	25508.3	25879.2	29198.66	39739.5	71146.064	81708.408

资料来源：BIS。

2007 年，全球场内衍生品交易量总计 151.87 亿张合约。其中金融期货、期权交易量达到了 137.84 亿张合约，占全球场内衍生品交易量的比重达到了 90.76%；而金融期货、期权中，股指期货、期权交易量达到了 55.168 亿张合约，占全球场内衍生品交易量的比重达到了 36.33%，占全球金融期货、期权交易量的比重达到了 40.02%；单只股票期货、期权交易量达到了 40.919 亿张合约，占全球场内衍生品交易量的比重为 26.94%，占全球金融期货、期权交易量的比重为 29.69%。两者合计达到了 73.3044 亿张合约，占全球场内衍生品交易量的比重达到了 63.6%，占全球金融期货、期权交易量的比重达到了 70.21%。可见，在场内衍生品市场，股权类产品占绝对优势。

> **场外衍生品市场定价更加个性化，场内衍生品市场定价更加规范化**

在定价方面，为了满足个性化需求，场外衍生品交易多为协商确定，"量身定做"使得产品结构复杂多样，也使得产品流动性不高，导致产品较难正确估值，信用衍生品就属此类。美国次货危机前，不少保险公司参与大量以债务担保债券（CDO）为基础资产的信用违约互换产品交易。随着危机全面爆发，保险公司面临亏损，如保险业巨头美国国际集团（AIG）2007 年第四季度巨亏 52.9 亿美元。

场内衍生产品则多数属标准化合约，产品结构简单，集中报价的方式使其定价更加规范，估值公允且流动性好。例如，股指期货价格是汇集了市场各方的意见撮合而成的，并且其理论上的内在价值都可以通过既定的模型精确算得，不存在计算方法上的差异。定价透明且精确是股指期货风险管理功能有效发挥的重要条件之一。

> **和场内市场相比，场外衍生品市场监管宽松**

场内与场外衍生品交易接受的市场监管也不同。由于场外衍生品交易是由交易双方通过直接协商来决定，双方以信用担保或者交纳一定保证金担保履约，监管环境较为宽松。以英国与美国为例，两国均没有单独的立法来规范场外衍生品交易，仅依靠行业自律。不少场外衍生品组织发布了场外衍生品交易的标准化协议。例如，国际互换与衍生工具协会（ISDA）发布了衍生品交易主协议。主协议规定了交易双方的权利、义务、违约事件及终止条款，确定了双方应遵守的市场惯例。主协议与就交易特定条款而签订的确认函，共同构成对双方有约束力的合约。由于监管环境宽松，场外衍生品交易的违约风险较大。近年来发生的包括次贷危机在内的重大风险事件，都与场外衍生品市场有一定关系。

场内交易则不同。以股指期货为例，股指期货交易必须接受交易所规范的市场监管，确保股指期货的正常交易和结算得到保障。目前，世界多数股指期货交易所均建立起比较规范、完备的风险管理体系。风险管理体系通常包括价格限制制度、保证金制度、当日无负债结算、强行平仓及大户报告制度等。价格限制制度的设置主要是防止市场出现非理性波动。尽管也有交易所不限制股指期货价格波动，但一般会采取其他措施进行监管，如香港交易所通过合理的保证金水平以及完善的保证金追缴制度来应对期货价格的异常波动。当日无负债结算和强行平仓的设置，则有助于抑制股指期货结算风险的积累、蔓延，防止违约事件发生。

通过上述几方面的比较，我们发现，场内衍生品多数属于流动性强且产品结构简单的标准化合约，产品容易进行正确估值，而且场内衍生品市场通常具有规范的市场监管。可以说，场内衍生品交易比场外更加透明，但场外市场可以提供更多个性化产品与服务，比场内交易更加灵活。因此，场内与场外市场是互补关系而非替代关系，两类市场的共同发展，可以更深层次满足市场投资和保值需求。

股指期货是否会重演
"327国债期货事件"
风波？

我国在 1992—1995 年曾经进行过国债期货的试点工作，因"327 国债期货事件"，停止了国债期货交易。有人担心，现在推出股指期货会不会出现类似"327 国债期货事件"的情况？这种担心的出发点是好的，但这种担心主要是对当年"327 国债期货事件"发生的根本原因以及当今期货市场发展的现状了解不够造成的。以下主要分析"327 国债期货事件"发生的背景、条件和原因，并和现在进行对比，可以很明显地看出，"327 国债期货事件"是当时条件不具备情况下盲目发展的结果，当前的条件和当时相比已经不可同日而语，"327 国债期货事件"不太可能重演。

327 国债期货是指以 1992 年发行的三年期国债为标的物的期货合约。1992—1994 年，中国面临高通货膨胀压力，银行储蓄存款利率不断调高，国家为了保证国债的顺利发行，对已经发行的国债实行保值贴补。保值贴补率由财政部根据通货膨胀指数每月公布，通货膨胀率及保值贴补率都有不确定性。1995 年初，国债期货市场上对于财政部是否进行保值贴补存在不同预期，因而对 327 国债期货的价格形成了不同看法，部分机构认为 327 国债到期价格会上涨，买入 327 国债期货合约，成为多头；部分机构与之判断相反，卖出 327 国债期货合约，成为空头。

由于市场存在财政部要对 327 国债进行贴息的传闻，327 国债期货价格一路上涨。1995 年 2 月 23 日，财政部发布 1995 年新债发行公告，这时，财政部要对 327 国债进行贴息的消息已经基本明朗了。当天，全国各个国债期货市场价格上扬，空头损失严重。空头主力上海万国证券公司为了减少损失，在尚未缴纳保证金的情况下，采取透支交易的手段，在上海证券交易所下午收市前 8 分钟内抛出 1056 万张卖单（共计 2112 亿元的国债），相当于 327 国债期货对应的实物国库券发行量的 3 倍多。327 国债期货收盘时价格被大幅压低。当日选择买入 327 国债期货的多头全线爆仓，亏损严重，万国证券则由巨额亏损转为巨额盈利。当晚，上海证券交易所宣布最后8分钟交易异常，经查是某会员公司为影响当日结算价而蓄意违规，故最后8分钟交易无效，并从2月27日起开始休市。为规范整顿国债期货市场，5月17日中国证监会发出通知，决定暂停国债期货交易。

"327国债期货事件"是在当时各方面条件都不具备的情况下发生的，从宏观大环境到具体的交易条件，都没有达到发展国债期货的要求：

从宏观环境看，当时，我国市场经济体制建设刚刚起步，市场化程度不高，宏观经济正处于严重的通货膨胀期，经济运行较不稳定，宏观调控采取的保值贴补等调控方式带有较浓的计划经济色彩，没有健全的信息披露机制，财政贴息的消息在市场上传来传去。

从利率市场的情况看，利率市场化尚未开始，利率变动较为僵化，市场主体规避利率风险的需求不强。保值贴补是国债所面临的主要不确定因素，国债期货价格变动不是利率变动引起的，而是政策变动引起的。国债期货交易的目的不是为了规避利率风险，而是出于对政策的不同预期。国债期货市场成为"政策市"、"消息市"。

从法制条件看，当时的法律法规中还没有对期货交易的规定，市场参与者的行为没有法律的规范，难以做到有法可依，当期货交易出现纠纷时没有解决的法律依据，市场主体参与国债期货交易的法律意识也不强。

从监管体制看，我国国债期货试点工作开始于1992年，这时中国证监会尚未成立。1993年底国务院决定对期货市场试点工作的指导、规划和协调，监管工作由国务院证券委员会负责，具体工作由中国证券监督管理委员会执行。与此同时，期货市场还受到地方政府和其他部委的多头监管。当时的证券和期货交易所也由地方政府归口管理，由中国证监会实施监督。集中统一的监管体制尚未形成，影响了监管的效率。

从现货市场条件看，20世纪90年代进行国债期货交易时，国债现货市场规模偏小，容易导致市场操纵和过度投机。1994—1995 年，我国国债市场的流通规模不过 300 亿元左右，市场容量小。与之相对比的是，全国开设国债期货的交易场所共有 14 家。

从交易所本身看，当时一些交易国债期货的交易所的交易机制尚不健全，风险管理制度也不够完善。保证金制度设计不严密，收市后才收取保证金，交易者可以在账面没钱的情况下透支交易；没有涨跌停板制度；没有限仓的统一标准，虽然有限仓的规定，但执行不力，形同虚设；没有大户报告制度；合约设计也不够合理，采用单一券种交割。这些都是诱发国债期货违规交易的重要因素。

从市场参与主体看，"327 国债期货事件" 发生时期，人们对金融期货缺乏理性认识，没有防范风险的意识，存在非理性的盲目投机和违规操作的行为。

通过 "327 国债期货事件"，我们可以很清楚地认识到，发展股指期货，要从自身的具体情况出发，分析自身所具备的条件，不能不顾实际情况，盲目发展。

现在发展股指期货市场的条件是怎么样的呢？"327 国债期货事件"之后，我国期货市场进入了长达 7 年的清理整顿时期，也开始了期货市场自我完善的过程。经过 10 多年的发展，各方面的条件已经发生了很大变化，和 "327 国债期货事件" 发生时相比，不可同日而语。目前，我国宏观经济平稳增长，利率市场化改革卓有成效，法制建设稳步进行，集中统一的监管体制已经建立；交易所充分借鉴国际先进经验，风险管理水平有了大幅度提高；理性投资的观念已经开始普及，导致 "327 国债期货事件" 发生的主要因素已经不复存在了。当前，我国基本具备了发展股指期货等金融期货的条件，从宏观环境到微观操作，从监管与法制建设到交易机制与风险管理都日趋成熟。我们要抓住机遇，顺应市场需求，周密设计，以科学的理念和审慎的态度，大力支持股指期货的发展。

为什么说股指期货不会像
南航权证那样被爆炒？

前段时间，南航权证被热炒的现象引起了各界的关注，由此也联想到股指期货，因为权证和股指期货的交易机制有相似之处，比如二者都是T＋0，一天之内可以做多个来回的买卖活动。比如说，二者都有一定的杠杆性，存在通过少量资金投入获取成倍收益的机会。再比如说，二者都可以通过一定方式的做空，从而规避价格下跌风险。有些人由此认为，股指期货推出之后，也会出现南航权证那样被爆炒的现象。透过两种产品相似的外表，仔细分析其本质区别，会发现股指期货不太可能出现南航权证那样的爆炒。其原因在于以下几个方面：

第一，股指期货是双向交易，有利于约束价格的非理性波动。

权证是每个股票对应的一种期权。通俗地说，持有人购买权证后能获得一个权利——以事先约定的价格买（或者卖）某只股票的权利，一方面可以在股票价格向着有利于自己的方向变动时选择行使这个权利（比如股票当时的市场价格已经高于约定价格，可以按约定价格购买该股票，赚取差价）；另一方面，权证也有买卖价格，持有人也可以像买卖股票一样低买高卖赚取收益。权证可分为认购权证和认沽权证。持有认购权证的人，可在规定时间内或特定到期日，向权证发行人按约定价格购买标的股票，股票价格上涨对于认购权证持有人有利；而持有认沽权证者可以按约定价格卖出标的股票，那么股票价格跌得越厉害，对认沽权证持有人越有利。由此，权证也可以在一定程度上通过做空规避股票下跌的风险。

然而，股指期货和权证的交易机制是不同的，权证说到底还是一种和股票买卖类似的单向交易，无论是认购权证还是认沽权证，其买卖者都是要先买入权证，等权证价格上涨再卖出赚取收益，因此拉动权证价格上涨远比让其价格下跌更有动力。股指期货是一种双向交易，先买后卖和先卖后买都存在获利机会，有利于价格趋向合理价格区间，约束股指期货价格的非理性波动。

第二，股指期货的门槛高，中小投资者进之不易。

权证的进入门槛较低，只要资金账户存满可以买 1 张（100 份）权证的资金就可以了，如南航权证即使按照上市首日涨停价计算，买 1 张需要的资金仅为 984 元，加上佣金等费用也不过 1000 元左右。由此，国内权证市场个人投资者占了绝大多数，而机构投资者交易额占比还不到 1% 。

股指期货的进入门槛要高得多。按照指数 3000 点计算的话，买卖 1 张股指期货最少需要 10 万元资金，如果再留出需要追加的金额的话，应当至少需要 20 万～30 万元才能做 1 张。这使得资金量小的中小投资者难以参与，机构投资者相应比重较大。股指期货价格变动涉及的资金巨大，价格发生大幅度波动的话，需要的成本相对较高，这在一定程度上限制了投资者的过度投机操作行为，有利于平抑价格剧烈波动。

第三，股指期货市场规模大，难以操纵。

权证交易中流通总量受发行流通总量和创设流通总量的限制。权证发行人发行权证往往有固定的发行数量，因而市场上可流通的权证数量也是固定的。如南航集团发行南航权证的总量是 14 亿份，加上创设数量，南航权证份额最多的时候也不过 128 亿份。如果权证市场规模偏小，价格波动幅度就容易偏大，权证价格也容易被操作。

与权证不同，交易所制定股指期货合约是不限定数量的，只要有买卖双方，就可以进行交易，因此，股指期货市场规模理论上可以达到无限大。如此大的市场规模无疑加大了操纵股指期货价格的成本和难度。例如，按照目前我国股票市场的交易情况，若试图使沪深 300 指数波动几十个点，没有数百亿元甚至上千亿元的资金是没有办法做到的。因此想操纵股指，不是一两个机构能够完成的。更重要的是，由于股指期货市场容量大，只要股指期货的价格偏离其正常波动的范围，那些试图操纵市场的人将会被巨大的套利以及套保的力量所淹没。

第四，股指期货价格限制较严。

和股票不同，权证的涨跌停板幅度不是 10% ，其涨跌停板价格是以标的股票涨跌幅的价格而不是百分比来限制的。按照如下公式计算：

权证涨幅价格 ＝ 权证前一日收盘价格 ＋ （标的股票当日涨幅价格
－标的股票前一日收盘价）×125%×行权比例

权证跌幅价格 ＝ 权证前一日收盘价格 － （标的股票前一日收盘价
－标的股票当日跌幅价格）×125%×行权比例

如南航权证上市首日参考价为 0.44 元，根据上述公式计算出来的涨停价格为 0.984 元，相对涨幅达到了 123.6%，之后多次出现价格涨几倍的情况。从这一计算公式可以看出，权证一天的涨跌幅度比股票和股指期货大很多，甚至有时候达到了权证当天最大涨跌价格的几倍。

股指期货采用了和股票市场一样涨跌停板比例，把第二天交易日的价格波动控制在 ±10% 之内，能够有效控制价格的过度波动。

第五，股指期货的到期结算让投资者掌握自己的损益。

权证有到期日，投资者一旦买入，除非自己再抛出，否则就一直存在于自己的账户上直到行权期间，权证到期时，如果不行权，权证就是废纸一张，没有任何价值，持有权证的投资者将得不到投资回报。如果行权价格与当时的市场价格出现了不利于行权的较大差距，权证在到期日前可能还会出现暴涨暴跌。例如南航权证是认沽权证，持有人只有在股票跌到行权价格之下行权才有收益，而南航权证上市后南航股票的价格就一路上涨，权证的理论价值为零。一些投资者不知道这种情况，过了行权期之后，才发现自己花了一大笔钱买的权证从账户上消失了，资产也变为零了，后悔不已，大喊冤枉。

股指期货在到期时将会进行现金交割，投资者手中持有的股指期货合约将会按照交割结算价为基准转化成一定数量的资金，然后根据投资者的盈亏状况进行资金划转。交割结算价的计算为最后交易日标的指数最后 2 小时的算术平均价，因此最后交易日股指期货与股票指数现货价格趋于收敛，也使得股指期货市场价格不会大幅度偏离现货市场。

> ➤ **结论：股指期货和南航权证是两码事**

综上分析，股指期货与南航权证属于完全不同的金融产品，两者完全是两码事，无须担忧股指期货推出后会出现像南航权证那样的"爆炒"情况。

Q&A

18

on Stock
Index Futures

为什么沪深 300 股指期货的
价格很难被操纵？

股指期货交易中最受各方关注的问题之一就是操纵问题，市场操纵不仅会给不知情的投资者带来巨大损失，更会影响市场声誉，动摇市场存在的根基。我国第一个股指期货——沪深 300 股指期货是否也会被大资金操纵？从指数选取和监管手段两方面看，沪深 300 股指期货的价格很难被个别机构或者资金操纵。

➤ 流通市值加权的计算方法分散了指数的权重

沪深 300 指数选取的是规模大、流动性好的股票作为样本股，与上证指数用总市值加权不同，沪深 300 指数采用的是流通市值加权，这样可以有效防止投机机构利用总市值的放大作用来影响指数走势。

上证综指将国有股和非流通法人股都计入指数，赋予了一些国有特大型企业过高的权重。例如，中石油的流通市值是 40 亿元左右，总股本则为 1600 亿元左右，按照总股本计算在上证综指中占了 15% 左右的比重，流通股价格变动 10%，会引起上证综指变动 1.5%，很容易对市场形成误导。

而沪深 300 指数根据自由流通市值编制，由于流通量都不是特别大，每只股票所占比重都不大。加之股权分割的问题目前仍没有最终解决，沪深 300 指数采用的是分级靠档的做法（如某股票的自由流通比例占该股总市值的 35%，加权靠档因子为 40%），避免了上证综指受特大权重股影响而失真的问题。

➤ 市值容量大

根据中证指数有限公司发布的周度统计分析资料，截至 2008 年 4 月 11 日，沪深 300 指数股票总市值为 17.29 万亿元，流通市值 4.91 万亿元，总市值占市场总值的比例为 76.74%，流通市值占市场总流通市值的 66.42%，具有很高的市场覆盖率和良好的市场代表性。沪深 300 指数波动是以流通市值计算的，从总量来看，资金对近 5 万亿元市值的市场进行操纵是难以想象的。而且由于设置了诸如限仓制度、涨跌停板制度、熔断机制等较为严格的八大风控制度及"刹车机制"，可以有效地控制交易规模、维持合理的价格水平。

➤ 行业分布较为分散

根据中证指数有限公司发布的 2008 年 9 月 2 日的数据，沪深 300 指数无论是行业还是个股市值占比均比较分散，最大行业金融地产比重为 31.36%，第一大市值股招商银行权重 5.92%，第二大市值股中国平安权重 4.17%，第三大市值股中国神华权重 2.96%。沪深 300 指数前 5 大权重股累计权重才 18.81%，前 10 大权重股累计权重为 29.66%，前 50 大权重股累计权重为 61.54%。

如果沪深 300 指数的前 10 大权重股分别上涨 10%，在其他股票价格保持不变的情况下，沪深 300 指数只上涨 2.97%，而要拉动前 10 大权重股分别上涨 10% 所需要的资金量将是十分巨大的，更不用说考虑到对手盘的抵消作用。如此大的资金量是操纵者不可能达到的，即使有这么多资金，其融资成本也会让操纵变得无利可图。

与国际上的一些成熟指数相比，沪深 300 指数的行业与个股比重分散化情况非常明显。例如，香港恒生指数中第一大权重股汇丰控股的权重占 23% 左右，韩国三星电子占 KOSPI 200 指数的权重为 14.32%。恒生指数前 10 大权重股的权重占 69% 左右，仅金融行业的占比就达到了 35.6%；台湾加权指数中，电子股的权重达到了 56.9%。

显然，沪深 300 指数行业与单只股票难以对整个指数运行产生决定性影响，具有较强的抗操纵能力。

➤ 机构资金运作有严格限制

目前资金量较大的机构类别主要包括社保基金（管理资金一般在千亿元至几千亿元规模）、基金公司（目前最大的基金管理公司管理的资金在两千亿元左右）、银行与特大型国企等。但这些机构对股市的投资与交易都有较严格的限制，且在单个机构对单只股票的购入持有市值上更有严格的限定（一般单只股票的持有上限是市值的10%），如有机构资金欲对5万亿元市值规模的市场进行操纵，这是难以做到的。

➤ 市场监管较为严格

操纵行为还将受制于监管部门的强力监管，监管部门有对指数、个股的异常波动、成交等市场状况进行临时处置的权力。在股指期货交易制度设计方面还有一系列的严格规定，如对会员最大持仓规定上限（对客户某一合约单边持仓实行绝对数额限仓，持仓限额为600张；对从事自营业务的交易会员某一合约单边持仓实行绝对数额限仓，每一客户号持仓限额为600张；某一合约单边总持仓量超过10万张的，结算会员该合约单边持仓量不得超过该合约单边总持仓量的25%）、大户报告制度、跨市场严格监管等，都可以对市场操纵起到震慑与有效管控作用。

➤ 实证研究发现：没有证据表明可以通过上证指数来控制沪深300指数

我国第一个推出的股指期货是以沪深300指数作为股指期货的标的指数，这样有人担心投机者能够通过操纵上证指数来操纵控制沪深300指数，从而影响股指期货，甚至影响我国股市的稳定发展。

虽然从历史数据上来看，上证指数与沪深300指数之间的统计相关性非常高，沪深300指数推出至今，二者收益率相关系数为0.96，但不能就这样简单地认为上证指数就会影响沪深300指数。收益率高度相关，只是统计意义上的相关性，不能代表二者一定存在因果关系，这只是因为沪深300指数与上证指数有相同样本股。上证指数和沪深300指数的高度相关在目前的情况下，充其量也只能说明我国其他宏观经济变量对它们的影响是同方向的。换句话说，也就是上证指数和沪深 300 指数共同反映了正常的市场趋势而已。

沪深 300 指数从 2005 年 4 月 8 日开始发布自今，累计涨幅 406%，同期上证指数累计涨幅 308.13%，两者相差 97.87%；2007 年以来沪深 300 指数累计涨幅 145.63%，上证指数累计涨幅 87.63%，两者相差 58%。沪深 300 指数与上证指数走势的差异还是很大的，沪深 300 指数有自己的运行特点，不会完全跟随上证指数运行。

另外，我国有学者对二者是否存在因果关系分别用事件分析法和格兰杰因果检验作了统计检验，结果都没有证据表明上证综指和沪深 300 指数存在因果关系。历史数据的统计对比选取上证综指、沪深 300 指数和中国石化（600028）（沪市权重较大的个股中，例如中石油、工商银行等大盘股上市时间短，参考意义小；中石化在沪市的权重较高，上市时间也较长）的历史数据考察，可以得出以下结论：上证综指与中石化的相关性要强于沪深 300 指数与中石化的相关性，上证综指和中石化之间存在一定的因果关系，上证综指与中石化的走势互相引导（二者间中石化对上证综指的引导性更强）；而中石化的走势不能引导沪深 300 指数，沪深 300 指数的走势也不能引导中石化的走势。

因此，沪深 300 指数的编制特点和较大的覆盖面能够保证被操纵的可能性非常小，操纵沪深 300 指数的成本十分巨大，也没有证据能够表明可以通过上证指数来控制沪深 300 指数。因此，沪深 300 指数具有良好的抗操纵性，适合作为股指期货的标的指数。

机构能否通过拉动几只股票
操纵股指期货价格？

部分人士总是习惯于股票市场的操作方式，甚至以股票市场"做庄"的思路来看待股指期货，认为通过操纵少量大盘权重股打压现货指数，同时在股指期货市场做空就可以获利。这样可行吗？

答案是否定的。事实上，操纵股指期货价格不但困难，而且极具风险。股指期货具有良好的抗操纵性，表现为以下几点。

➤ 成交量大，单个机构操纵难以为继

根据有关权威统计，世界股指期货市场的名义成交金额平均为股票现货市场成交金额的 1.1 倍。虽然我国推出股指期货初期，由于门槛较高，产品比较新，股指期货成交金额可能略低于股票现货市场。但是，考虑到中国公募基金、私募基金规模庞大，证券投资账户超过 1.1 亿元，A 股股票总市值跻身全球大市值行列，加上现在股市波动大，各路资金存在强烈的避险需求，可以预言，股指期货这一金融创新品种会随着人们的熟知而被市场逐渐接受。市场规模大了，抗操纵的能力自然得到增强。

➤ 套利力量，使股指期货天然具有良好的抗操纵性

当期货指数与现货指数产生过度偏离时，就会产生套利机会，各种套利资金就会介入股票市场与期货市场进行无风险套利，买入低估资产，卖出高估资产，改变了资产在两个市场的价格，从而促使期货价格很快恢复到无风险套利区间运行，操纵将会变得非常困难。

➤ 现金交割，不易像商品期货那样容易受到商品数量限制

由于股指期货是双向交易，可以先卖后买，只要有交易双方，看空即可以卖出期货合约，看涨即可以随时买进期货合约的交易特点，也对操纵构成限制。股指期货一旦与其理论定价发生大的非理性偏离，尤其是超出无风险套利区间时，由于不存在头寸和方向限制，市场上

也一定会出现很多投机资金随时卖出或买入股指期货合约，这股力量有助于消除期货价格的非理性偏离，也必然对操纵者构成严重障碍。

➤ 沪深300现货指数本身也具有良好的抗操纵性

沪深300指数市场覆盖率高，主要成分股权重比较分散，能有效防止市场可能出现的指数操纵行为。而且，沪深300指数具有较低杠杆效应，也有助于提高抗操纵性。市场担心金融股权重过大会变得容易操纵的担忧其实过于严重。目前金融股在沪深300指数中的权重约为20%，这一权重比例处于国际平均水平区间的下限。在国际上，相关成分股指数中金融股所占的比重一般在20%～30%，至今也尚未发生过通过操纵金融股进而操纵股指期货的典型案例。

➤ 现货市场进行操纵也存在困难

要想操纵股指期货，必然涉及现货市场成分股的操纵炒作。而沪深300现货指数的权重股筹码主要集中在基金公司、保险公司等合规公司的手中，这也对操纵者构成严重障碍。

➤ 监管严密，操纵面临巨大的政策风险

中国证监会与期货交易所、证券交易所、登记结算公司和保证金监控中心等机构已经建立了严密的股指期货和股票现货市场交易制度、风险控制体系和监管体系。由于操纵往往意味着大的资金入场交易，而股指期货交易存在限仓制度与大户报告制度，期货价格瞬息万变，操纵者首先面临分仓，然后进行对倒操作的难题。另外，中国金融期货交易所采用了先进的实盘监控系统，监管技术已经大大提高，操纵性的买卖行为很容易被监控系统发现。

"A＋H"操纵模式
是否可行？

由于沪深300指数中部分大权重成分股如工商银行等均为拥有H股的上市公司，因此市场上对推出股指期货存在一定担忧：认为H股股票价格是A股股票运行的风向标，通过操纵H股价格可以间接操纵A股同类股票及行业板块价格，影响上证综指、沪深300指数等境内A股指数，从而利用股指期货做空机制实现"A＋H"的操纵模式。实际上，这种操纵方式是难以实现的。

➤ H股价格不能够引领A股价格

"A＋H"的操纵模式首先假设股票市场本土定价权由H股掌握，H股价格能够引领A股价格。但在国内股权分置改革顺利完成、人民币汇率机制进一步完善之后，国内资本市场的基本面发生了很大的积极变化，特别新股开闸后H股回归、工商银行"A＋H"发行使A股市场重获生机；虽然受世界金融危机影响，国内股市也出现了大幅下跌，截至2008年12月8日，中国股票市场总市值仍达到了16.9万亿元人民币，位居全球前列，在国际市场上具备了一定的影响力。中国股票市场的崛起使得A股对H股的影响力越来越大，特别是随着H股回归境内上市后，股票市场的本土定价权逐渐回归A股市场，今后两市的互动关系将由H股单独引导A股，逐步转变为A股与H股互动相关，甚至A股价格引领H股价格。单从股票价格来看，比如工商银行、中国银行、中国人寿等大盘蓝筹股目前A股股价都高于相应H股股价。由此来看，建立在H股价格引领A股价格之上的假设在目前的市场状况下难以成立。

➤ 面临极高的资金成本

拉动H股所需要的资金比拉动A股更高。比如工商银行，由于其在H股可流通的股份数量远超过A股流通股股份数量，拉高H股上涨10%，大约需要资金357亿港元，是拉高A股上涨10%所需要的资金数量的 3 倍还多。同时，由于 A 股价格与 H 股价格相关性仅在 0.6 以上，即使将 H 股价拉高 10%，A 股价格也未必能同步达到 10% 的上涨幅度。毕竟境内 A 股的最大流通股持有者是境内的基金、保险等机构投资者，其有自己独特的操作策略、操作方向，在人民币尚未实现自由兑换的前提下，境外资金若要合法参与国内市场，需要经过审批，以 QFII 的身份加入，截至 2008 年中，QFII 获批额度不超过 100 亿美元，不足国内基金总规模的十分之一，若以地下资金的形式操作，将面临严格的监管风险。这些都会大大增加操作成本。

➤ "A＋H" 的操纵模式的流动性风险不容忽视

即使市场上由于"羊群效应"的存在，导致大多数投资者预期一致，资金面的问题解决了，但是股指期货推出之后，投资者，特别是大多数投资者一致卖空股指期货和股票现货时，将会面临着很大的流动性风险。试想，在投资者一致看空大势的情况下，谁愿意承担下跌的风险，作为交易对手方来承接被抛出的空头股指期货合约与明显被高估的股票现货呢？因此，如果大多数投资者一致看空后市，资金量虽然会很大，但市场上会因为缺少承担风险的交易对手方而造成流动性风险，致使期货与现货头寸都无法卖出，这种盈利操作策略也无法成功实现。

➤ 操纵者面临严密的监管及巨大的政策风险

我国的股指期货市场建立了一套严密的监管体系，从证监会到交易所再到期货公司，不同层次的风控指标都在监视着市场运行的异常情况。保证金制度、限仓制度、大户报告制度和实时监控，为市场操纵设置了种种障碍，使操纵行为成本大大提高。

"拉高现货再做空期指"
的操作模式是否可行？

前期市场上有一种说法，认为在股指期货推出前后，投机者可以先拉高股票现货市场指数，在沪深300股指期货上市后，借现货高位卖空股指期货，再打压股票现货市场，期望在股票现货市场和股指期货市场同时实现大幅盈利。

其实这种看似完美的运作方式，实际操作上几乎是不可行的。

➤ 国内股市的涨跌主要受基本面因素的影响

2006年股市出现较大幅度的上涨主要是受国内资本市场基本面的积极影响。这种影响是深远、持续的，股指期货并不是推动股市上涨的直接因素。而2008年出现的大幅下跌，同样也不是股指期货即将推出所致。在没有股指期货的情况下，市场已经出现了大跌，借助股指期货的做空机制，高位抛售股票现货来实现两个市场同时盈利的目的是难以实现的。

➤ 机构投资者已经成为国内股市的主要力量

经过近几年的发展，价值投资的理念深入人心，以基金、保险与QFII为代表的机构投资者成为国内股市的主要力量，其占国内股市总流通市值的比重已达到30%，在沪深300指数成分股中所占比重更高。基金等机构投资者在股票市场估值中具有主导地位，在牛市中，大盘蓝筹股作为中国宏观经济增长的代表，成为大资金配置的稀缺资源，缺乏被抛售的动力。同时，由于制度设置的因素，机构投资者在股票现货市场投资受到限制，如《证券投资基金运作管理办法》规定：一只基金持有一家上市公司的股票，其市值不得超过基金资产净值的10%；同一基金管理人管理的全部基金持有一家公司发行的证券，不得超过该证券的10%；在股指期货推出初期，基金等机构投资者参与股指期货交易也将受到部分限制。个别投机者想通过做空股指期货来打压股票市场获得两个市场同时盈利比较困难。

> ### 沪深 300 指数具有较好的市场代表性和抗操纵性

我国推出的第一个股指期货是以沪深 300 指数作为标的物。与上证综指编制方法不同，沪深 300 指数涵盖沪深两市 300 只个股，采用调整股本加权、分级靠档等先进技术进行编制。另外，与上证综指不同，沪深 300 指数主要成分股权重比较分散，以 2006 年 12 月 15 日统计数据来看，占上证综指 20% 以上权重的工商银行在沪深 300 指数中的权重仅排在第十位，占比 1.89%。也就是说，上证综指以总股本加权计算，超级大盘股的上市，会放大对上证综指的影响，造成上证综指严重虚增，而对沪深 300 指数则因为自由流通量较小影响有限。总体来看，高市值覆盖率与成分股权重分散的特点决定了沪深 300 指数有比较好的市场代表性和抗操纵性。

由此可以看出，想在两个市场兴风作浪，来去自如，只不过是一种夸大操纵力量的想象，在实际的市场运行中，这一操纵模式是很难实行的，即便实行下去，高昂的交易成本和微薄的收益也会使操纵者落到得不偿失的下场。

机构是否能够通过分仓对倒
的方式操纵股指期货市场？

持有这种想法的人，是典型的在股票现货市场做庄的思路。这种个股的股价操纵模式，在沪深 300 股指期货市场是不可行的。

事实上，针对极少数机构试图通过分仓然后在各个账户进行对倒的方式来操纵沪深 300 股指期货市场，监管部门与期货交易所已采取多种措施严控其进入股指期货市场。

➤ 强化开户实名制措施，严防机构利用分仓和对倒潜入股指期货市场

中国证监会、中国金融期货交易所对股指期货的开户环节采用了实名制的措施，要求开户人提供详细的背景资料，包括在现场进行拍照留档、登记资料要求必须完整真实，此外还要求开户人提供证据证实其具有一定的资金实力与投资经验，对于不符合规定要求的申请者不予以批准开户。严格防范外资利用境内居民身份，通过大量分仓的方法间接进入市场。2007 年 11 月 5 日，中国证监会向各大期货公司下发《关于进一步加强期货公司开户环节实名制工作的通知》，要求从 2007 年 12 月 1 日起，进一步加强实名制工作，投资者首次办理开户手续或申请新的交易编码时，期货公司必须在开户时实时采集并按要求保存投资者的影像资料，该措施自 2008 年 6 月 1 日起全面实施。中国期货业协会于 2008 年 5 月 22 日发布并实施《中国期货业协会会员单位反洗钱工作指引》。该工作指引进一步明确了期货公司等会员单位反洗钱内控的客户身份识别制度、可疑交易报告制度、客户身份资料和交易记录保存制度、保密制度四大制度。各层监管机构与期货公司对开户实名制实施工作高度重视，目前已基本完成这项工作。

➤ 严格实行限仓制度、大户报告制度，加强动态监控

目前股指期货风险管理办法采取了国际通用的限仓制度、大户报告制度，这些制度专门针对大资金的操纵行为。比如于每个交易账户

设定的最大投机持仓量为 600 张。通过限仓制度限定投资者最大允许持仓量，防止出现持仓过度集中、大户操纵的风险。当投资者持仓量达到规定比例时，必须及时主动向交易所报告，交易所可以借此监控市场动向和大户行为，及时发现和处理问题。此外，通过对交易行为的实时监控，也可以及时发现异常交易行为，通过客户编码及时查处潜在的市场操纵行为。

➢ 启动了股指期货跨市场联合监管机制

考虑到期货产品是从现货股票市场衍生而来，并且两个市场的交易息息相关，中国证监会成立了股指期货跨市场联合监管小组，统一协调股指期货的跨市场监管工作，防止外资利用其资金优势和对股票市场的影响力进行跨市场操纵。

我国建立的股指期货跨市场监管机制，由中国金融期货交易所、上海证券交易所、深圳证券交易所、中国登记结算公司和中国保证金监控中心这 5 家机构构成了跨市场监管的主体。

跨市场监管机制是我国股指期货监管体系中独具特色的优势之一，其职能主要是及时评估产生跨金融期、现货市场操纵的威胁情况，并采取适当的预防措施；随时监察金融期、现货市场交易情况，并在需要时开展调查；及时向公众披露与评估跨金融期、现货市场操纵威胁相关的市场数据，保障市场透明有序运作。

5 家机构共同研究部署了信息共享、预警机制、共同干预、联合调查、五方联席会议等多方面工作，防止国际游资利用资金优势和信息引导进行跨市场操纵。

此外，中国金融期货交易所还将通过加强与商业银行系统的合作，严厉打击分仓对倒行为。一旦发现市场价格、成交量、持仓量等异常变化，中国金融期货交易所将立即启动联合调查预案，追查可疑账户中的资金流转信息，直至最后追究行为人民事或刑事责任。

结算价能成为操纵股指期货
的有效途径吗？

在股指期货每月的到期结算日，交割结算价格是由股票现货市场指数来确定的，因而引发人们关注：大量未平仓合约的持有人是否会通过操纵股价指数来增加期货头寸的收益？

其实，股指期货的这种"结算行情"，与结算价的计算方法有很大关系。如果采取的计算方法得当，结算价是无法成为操纵股指期货的手段的。

➢ 股指期货合约交割结算价计算方法不尽相同

各个股指期货交割结算价的计算方法不尽相同，例如，台湾加权指数期货的交割结算价是以最后交易日次日台湾加权指数现货开盘15分钟的平均价来确定的，新加坡摩根台指期货的结算价就是最后交易日现货指数的收盘价，恒生指数期货及恒生国企指数期货的交割结算价规定为最后交易日现货每5分钟所报指数点的平均数（见表11）。股指期货合约交割结算价的确定方法对于现货指数在结算日的抗操纵性有重要影响。一般来说，股指期货合约使用一段时间内的平均价作为结算价的计算方法更难以被操纵，选择的时间越长，操纵的难度越大。

表 11　交割结算价的确定

交易所	合约名称	交割结算价的确定
芝加哥商业交易所	标准普尔 500	最后交易日特别开盘价
欧洲期货交易所	DAX	最后交易日集合竞价
新加坡交易所	日经 225 指数	最后交易日后第一个工作日成分股的特别开盘价
新加坡交易所	摩根台指期货	最后结算日现货市场收盘价
韩国交易所	KOSPI 200	现货市场收盘价（最后 10 分钟集合竞价）
香港交易所	恒生指数期货	最后交易日每 5 分钟恒生指数平均值
台湾期货交易所	加权台指期货	最后交易日后第一个工作日现货开市后 15 分钟成分股成交量加权平均（特别开盘价加权）

➢ 国际情况：最后交易日涨跌幅与非最后交易日的情况基本一致

海外市场对股指期货合约交割结算价的确定规则是不同的，但实证研究发现，其对临近股指期货合约交割结算时现货指数日数据的影响情况却差别不大。通过考察现货指数日收盘价的变化情况，可以从总体上判断股指期货是否有结算行情，当然也不能排除临近交割结算，股指日内数据可能出现的异常波动。

以台湾加权指数期货、新加坡摩根台指期货、香港恒生指数和恒生国企指数期货四种指数比较为例，根据计算，以上四种指数在最后交易日的涨跌幅度与非最后交易日的情况均没有较大差别，基本是一致的，而且在最后交易日指数的涨跌幅也并没有比非最后交易日的变化幅度大，因而，总体来看，股指期货合约的交割结算并没有给现货市场的波动带来明显的影响。那么在股指期货最后交易日当天现货市场的涨跌又是否具有明显的方向性特征呢？

统计发现，在最后交易日，现货上涨和下跌的次数基本是一致的，上涨和下跌的幅度也基本是相同的，因而并没有出现明显的期货投资者拉升现货或者是砸盘的现象。这其中唯一有些差异的是恒生国企指数，其在期货结算日上涨达到了 25 次，而下跌为 19 次，这跟恒生国企指数期货上市时间相对较短，数据较少有一定的关系。

最后交易日现货涨跌幅度与非结算日基本保持一致，说明股指期货并没有明显的结算行情，但是之前我们也提到了股指期货结算价的确定规则对于现货指数在结算日是否有异常波动有着重要的影响，以结算日现货平均价格来确定结算价比单纯用收盘价作为结算价更能够避免结算日股指的大幅波动，摩根台指期货因为以结算日现货收盘价作为结算价而在避免股指尾盘大幅波动方面略显不足。

对摩根台指期货自 2001 年 2 月 19 日至 2005 年 6 月 15 日期间的结算日进行统计后发现：在结算日结算价与前 5 分钟价的绝对价差的平

均值为 0.35，而在非结算日，这个绝对价差的平均值仅为 0.12，因而从总体上来看，摩根台指期货结算日尾盘的波动比非结算日要大，部分结算日尾盘会出现大幅拉高或压低指数的情况。

➢ 国内股指期货合约交割结算价能够有效防止到期操纵行为

按照规定，沪深 300 指数期货的交割结算价为最后交易日标的指数最后 2 小时的算术平均价。这一计算方法符合国际惯例，也加大了操纵股票指数的成本和难度，同时也利于套利和套期保值操作的实施。根据海外经验，这一规则可以有效地避免操纵行为。

总的来说，股指期货每月最后交易日现货市场的涨跌与非最后交易日的情况没有明显的差别，股指期货的结算并不会引起现货市场的大幅波动。因而不论是从海外市场经验还是沪深 300 指数期货合约交割结算价的制定规则来看，对于股指期货合约交割结算会引起现货市场大幅波动的担心都是不必要的。

为什么沪深 300 股指期货
在到期日很难被操纵？

股指期货合约有到期日，到期必须进行现金交割。那么在股指期货合约到期进行交割结算时，套利的平仓交易、套期保值的转仓交易及投机交易者操纵结算价格的欲望，几种力量在最后结算日相互作用，就产生了所谓股指期货的"到期日效应"，标的指数的成交量和波动率显著增加。

到期日效应是全世界股指期货市场普遍存在的一个金融现象，尤其当指数期货、期权和股票期权同时到期的时候，市场波动现象更加明显，被称为"三重巫时刻"。因此，在到期日附近如何防范到期日操纵也就成为监管部门的重中之重。例如，韩国市场就出现过到期日操纵的事件，给市场带来了不利的震荡，导致市场价格严重失真。

我国股指期货市场在建设初期就高度重视到期日操纵问题，在指数选取、结算价计算上借鉴了国际先进经验，应当说，目前沪深300股指期货在到期日很难被操纵。

➢ 沪深300指数撬动不易

即将推出的沪深300股指期货的标的指数是沪深300指数，该指数涵盖沪深两市盈利能力强、规模大、流动性好的300只个股，采用自由流通量加权、分级靠档等先进技术进行编制，在股改和非流通的处理规则方面有效地缓解了"小非"、"大非"解禁对指数造成的冲击，也有效地规避了利用权重股对指数进行杠杆操纵的可能。举例来看，假定指数中只有前5大权重股股价变化，其他股价保持不变时，拉动沪深300指数涨10%需要的资金是上证指数的5倍。同时，沪深300指数的成分股权重分布较分散，以2008年9月初的统计数据为例，招商银行作为沪深300指数的最大权重股，只占5%左右的权重，这也加大了通过影响权重股带动指数价格变化的难度。

➤ 交割结算价加大操纵难度

股指期货交割结算价的确定方法通常分为单一价和平均价两种方式，其中以单一的开盘价或者收盘价作为交割结算价比较容易遭到操纵，而以一段时间指数的平均价作为交割结算价较不容易被操纵。国际市场上，美国、日本、加拿大以及韩国股指期货合约采用开盘价或收盘价作为交割结算价，英国、中国香港、法国和中国台湾的股指期货合约采用的是平均价。例如，香港恒生指数期货合约是以现货指数全日每5分钟成交价平均价作为交割结算价。而上面提到过的韩国市场到期日操纵事件，主要原因就在于韩国是以现货市场收盘价作为交割结算价的。我国台湾期货交易所刚开始推出股指期货的时候采取的是开盘价作为交割结算价，结果出现了几次操纵市场的事件，例如1998年8月和9月的第三个周三和周四，加权期货均发生周三尾盘指数上升而周四跳空高开，但出现开盘价后立即回落的现象，有市场操纵的潜在可能。因此，台湾市场的交割结算价改成了最后交易日次日开市15分钟内的平均价结算，大大降低了操纵的可能。

沪深300股指期货采用沪深300指数最后两小时算术平均价作为到期合约最后结算价。采用平均结算价格有一定的优势，分散了被操纵风险的可能性，有利于缓解和减弱"到期日效应"，有利于防范风险。

➤ 到期日选择避免"三重巫"现象

如前所述，当股指期货、期权和股票期权同时到期的时候，市场波动现象更加明显，容易出现"三重巫"现象。特别是当股指期货的到期日选择在月末的时候，又会和股票市场月末效应相互影响，出现两个市场价格波动或者交易量异常放大的情况。

为了避免"三重巫"现象，股指期货的最后交易日一般选在交割月份中期，而较少选在月末。海外主要股指期货合约最后交易日与最后结算日（见表12）。沪深300股指期货也是借鉴了国际市场的常用方式，把最后交易日和交割结算日合一，并定于到期月份的第三个周五，降低"三重巫"现象的影响。

表12　主要交易所股指期货合约最后交易日及结算日

交易所	合约名称	最后交易日	最后结算日
美国芝加哥商业交易所	标准普尔500指数期货	最后结算日前一营业日	到期月份第三个星期五
英国LIFFE	FTSE100指数期货	到期月份第三个星期五	最后交易日次一营业日
欧洲期货交易所	SMI与SMIM指数期货	最后结算日前一营业日	到期月份第三个星期五
欧洲期货交易所	DAX指数期货	与最后结算日同一天	到期月份第三个星期五
韩国交易所	KOSPI 200指数期货	到期月份第二个星期四	最后交易日次一营业日
新加坡交易所	日经225指数期货	到期月份第二个星期五的前一营业日	到期月份第二个星期五
中国台湾期货交易所	台湾加权指数期货	到期月份第三个星期三	最后交易日次一营业日
中国香港交易所	恒生指数期货	到期月份最后第二个营业日	最后交易日次一营业日

资料来源：各交易所网站。

外资能否合谋操纵沪深
300 股指期货？

股指期货市场规模大，仅靠单个机构操纵是不可能的，有人因此认为，虽然单独一家机构操纵股指期货不易，但如果很多机构串谋的话，股指期货依然会出现一边倒的行情。由于利益体的不同，外资更有合谋的倾向。那么，这种情况是否会发生呢？

沪深 300 股指期货的制度设计大量借鉴了国际成熟市场的先进经验，并且结合我国股票市场的现实情况，总体而言制度和规则比较严格，况且我国人民币资本项目下尚未开放，外汇依然实行比较严格的管理，加上外资本身的多元化和逐利性，以及我国股指期货市场比较严格的监管制度和市场准入制度等，都决定了国际游资和私募基金等大资金试图凭借其资金或信息优势冲击沪深 300 股指期货市场的可能性不大。合谋操纵的可能性虽然存在，但严格的风险控制的手段已经对此作出了有效预防。

➢ 不要过分夸大外资对股指期货市场的影响

截至 2008 年 8 月，我国股票市场虽然经历了大幅度下跌，沪深两市 A 股总流通市值仍达 5.3 万亿元左右，QFII 等合规外资占 A 股总流通市值的市场份额为 2% 左右，外资对 A 股市场的影响并不像人们想象的那么大。由于股指期货上市后，外资参与股指期货的比例和现货市场相似，也就是说，外资参与股指期货的市场份额一般也不会超过 10%，所以，我们不要过分夸大外资对股指期货市场的影响。

这一点，台湾的例子比较有说服力。台湾市场对外资开放的时间比大陆早，力度也比大陆大，外资占台湾股指期货市场的份额由 2003 年的 2.96% 逐步提高到了目前的 5.78%（见图 21），也没有听说外资控制或者操纵了台湾股指期货市场，毕竟市场主体还是本土参与者。

➢ 外资私募基金的特性决定了其合作共谋比较困难

外资合谋操纵股指期货的有效途径就是借用私募基金的形式。应

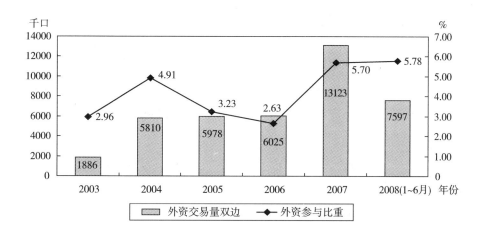

资料来源：台湾期货交易所。

图 21　外资参与台股加权指数期货市场比重

当看到，私募基金从总量上看虽然规模比较大，但其比较分散、隐蔽性强的特点决定了彼此之间难以串谋。此外，各家外资彼此之间也都是竞争对手，大家都是为了自己利益的最大化在不同的业务领域和产品线上博弈竞争。认为它们会相互串联、彼此联手来搞垮中国的资本市场，想象的成分大于事实的根据。

　　进一步地讲，不同的私募基金有不同的偏好，对于它们要区别对待，不能一概而论。比如，风险偏好低的 QFII 基金会专注于套利等中性业务，这对市场是有利的，有助于股指期货市场定价效率的提高。私募基金更偏好于风险高收益也高的投机性交易，有利于增强市场的流动性。外资参与股指期货的出发点不同，决定了它们不是铁板一块，彼此之间难以串谋联手操纵市场。

➤ 制度保障股指期货难以被合谋操纵

　　我们多次提到，股指期货市场建立了一套非常严密的风险控制措施，不仅包括国际市场通用的保证金制度、当日无负债结算制度、强行平仓制度等，而且有专门针对大资金操纵的限仓制度、大户报告制度，此外还加强了跨市场监管的工作，多管齐下保障股指期货难以被合谋操纵。

因此，无论从外资的动机还是我国的风险控制制度建设方面，外资均不会也不敢碰合谋操作股指期货的这个"高压线"。

为什么说我国股指期货市场
不会成为外资的"提款机"？

前一段时间，国内房地产价格飞涨，有人说这是海外资金在作怪，走势凌厉的股市，也有人说是外国资本在捣腾，仿佛我们的钱全给外资赚走了。甚至连股指期货市场还没有推出就有人联想到是不是成为外资新的"提款机"，认为股指期货推出后，外资暴赚第一桶金，从期货、现货两个市场同时砸盘撤退，然后股指期货夭折，证券市场就此进入长期熊市。这种情况会发生吗？

国际上还没一个市场在股指期货推出后出现这种情况。从全球主要资本市场情况看，"外资赚第一桶金，外资围剿股指期货，市场进入熊市"，这样的现象都没有过先例，这种现象在中国同样也不会发生。

这一说法的逻辑背后其实隐含了两个条件，第一个条件是外资取得了中国市场的主导权，翻云覆雨，无所不能；第二个条件是市场管理失效。然而仔细分析这两个条件的话，可以看出它们是没有事实根据的，因而外资把股指期货作为"提款机"的说法也是不成立的。

➢ QFII 参与股指期货规模有限、影响可控

在投资的对外开放方面，外资投资 A 股市场是通过 QFII 机制来进行的，通过地下渠道进入 A 股市场的外资规模是有限的，而且是分散的。如前所述，QFII 参与股指期货交易要受到一定限制，对股指期货市场的影响非常有限。QFII 参与股指期货的市场准入、参与资金、参与方式、交易类型等层面受到严格限定，QFII 参与股指期货过程中可能带来的一些负面因素可以控制。

就地下资金来说，扣除目前基金公司、保险公司、企业年金、社保基金等机构投资者以及证券公司自营、QFII 和国内大量个人投资者所占的比例外，通过地下渠道进入 A 股市场的外资规模其实是有限的，而且比较分散。我们目前对资本项目进行较为严格的管制，证券行业目前完善规范的交易代理制度，使得外资从这些地下渠道进入的难度很大。这些比较分散的外资再去抱团扩大自身操纵能力的可能性不大。

所以，不管是现在还是将来，外资不可能取得中国 A 股市场主导权。

> **地下渠道进入我国的国际游资要受到严格的监管**

在理论上，游资操纵股指期货有一定的可能，但从我国股指期货市场建设的实际看，各种措施的有效实施让这种理论上的可能变成现实中的不可能。第一，资本账户尚未完全开放，资本流动和市场准入都存在较为严格的限制，国际游资想直接大规模进入股市和期货市场有现实障碍。这和 1997 年亚洲金融风暴时各种国际游资在各个市场不受任何管制的"来去自如"情况完全不同。第二，开户实名制杜绝了游资通过分仓的方式潜入股指期货市场的途径。自 2008 年 6 月起，期货市场统一实行开户实名制，要求开户人提供详细的背景资料，不仅要现场拍照留档，还要求开户人姓名和银行结算账户相一致，不仅让期货公司把好开户关，而且也充分利用了银行存款账户实名制的平台，无形中提高了游资开出老鼠仓的成本。第三，各种风控制度的有效实施让游资操纵难上加难。在开户实名制下，即使游资找了部分相关人开通账户，但操纵市场需要的资金很大，按照股指期货当前每个交易账户持有单个股指期货合约的最大投机持仓量为单边 600 张合约的规定，除非开出大量账户，否则几个账户的对倒行为只是杯水车薪，无法撼动规模庞大的市场。再加上交易所有效的实时监控，游资难以在股指期货市场兴风作浪。第四，跨市场协作监管机制的建设让游资的违法行为无处可逃。操纵市场需要同时在期、现两个市场进行，在市场割裂的情况下，因为信息获取的障碍，跨市场的操纵难以被监管机构及时察觉。建立跨市场监管机制，可以通过加强信息沟通，让监管机构能够在第一时间内发现游资的违法操纵行为。

此外，股指期货交易是否获取盈利主要取决于能否在有限的时段内准确预测市场的近期走势。虽然外资在模型建立、交易程序、风险管理等方面具有丰富的经验和明显的优势，但古今中外，还没有任何

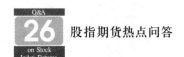

个人或者任何机构能够经常准确地预测市场近期走向。不管这些个人和机构是外资的还是国内的，市场走势的预测本身就是不确定的。外资进来是否就一定能够在股指期货市场上有钱可赚，也是不确定的。

因此，QFII和其他游资操纵股指期货几乎没有可能，股指期货更不会成为外资的"提款机"。

外资能够把股指期货作为
进入商品期货市场的
"敲门砖"吗？

有人认为只要在期货公司开户就可以交易所有期货品种，这样，外资一旦介入股指期货，不就可以进入中国的商品期货市场了吗？

这种误解是如何产生的呢？因为投资者去期货公司开户时，会得到一个资金账户，之后以此账户参与期货交易，所以有人会认为这样就可以在商品期货和股指期货市场中来去自如不受约束，开了一个账户就可以做所有的品种。尤其是存在外资威胁论的当下，很多人认为股指期货的推出会把外资引入商品期货中，进而出现我国农产品价格被操控，影响我国粮食安全。

事实上，有这种观点的人并不了解期货开户环节的具体情况。期货开户并不只是开个账户做所有的期货品种的交易这么简单。

➤ 开户环节的具体情况

投资者参与期货交易，在开户环节实际上需要做好两件事：一是开立在期货交易所的账户，我们称为申请客户交易编码；二是申请在期货公司的资金账户。交易所的交易编码和证券投资中的股东代码类似，但又有不同。股东代码可由投资者自己先去登记公司开立，再去证券营业部开立资金账户（也可委托证券公司代办股东代码）。但期货交易编码必须由期货公司代客户向交易所申请，期货交易所审核通过后，再由期货公司反馈给客户。需要注意的是，我国目前有四家期货交易所，分别是上海期货交易所，大连商品交易所，郑州商品交易所，中国金融期货交易所，各交易所交易编码不可通用，需要分别申请。也就是说，申请一个交易编码，并非可以做所有交易所的上市品种。如果部分投资者的条件只符合中国金融期货交易所而不符合其他三家交易所，其他三家交易所有权拒绝给予交易编码，进而阻止不符合条件的投资者进入商品期货交易中，"防火墙"制度能够直接发挥有效作用。所以在期货公司开立的资金账户只允许交易已获交易所批准的期货品种。

➤ 期货交易实行开户实名制

按照规定，外资是不能进入商品期货的，所以以 QFII 的身份是无法参与商品期货的。根据商品期货交易的有关规定，只要在国内登记注册公司，成为中国法人企业或者利用身份证开户就可以参与商品期货交易。针对这个漏洞，外资一般通过在中国开设实业工厂或者合资公司掌控大量的人员资料（包括身份证、影像资料等），然后变相进入商品期货市场。

为了杜绝这种虚假交易行为，防止操纵市场，中国证监会在股指期货推出前，于 2007 年 12 月 1 日起，要求期货投资者首次办理开户手续或者申请新的交易编码时必须实行开户实名制：自然人投资者必须本人亲自办理开户手续，签署开户文件，不得委托代理人代为办理开户手续。期货结算账户户名必须与开户人姓名一致，开户时要出具本人身份证，并留取影像资料，包括头部正面照和身份证正反面扫描件，期货公司应当对照核实投资者本人的真实身份。机构投资者开户时必须出具机构投资者的授权委托书、代理人的身份证和其他开户证件。期货公司应当对照核实代理人的真实身份，同样留取影像资料，开户代理人头部正面照、开户代理人身份证正面扫描件、机构投资者营业执照（副本）和组织机构代码证的扫描件。期货公司将按规定留存投资者的影像资料。

投资者事后变更期货结算账户的，期货公司要重新核对，并增加中国期货保证金监控中心的事后审核来加强对实名制落实情况的监控。同时，对在此之前已经开户的投资者，规定了 6 个月的过渡期，要求其及时补正相关资料，满足实名制的新要求，否则期货公司应当限制其开新仓。

> **➤ 开户实名制有效解决了外资变相参与期货交易**

开户实名制从源头上加强了期货市场的风险控制，从制度上保证了期货交易账户的真实有效，并通过开户人姓名与银行结算账户的一致性要求，充分利用银行存款账户实名制平台，大大提高了期货市场账户的真实性、有效性和规范性，为外资变相参与商品期货提高了成本。同时，通过实名制，尤其是保存投资者的影像资料，为监控查处市场操纵行为提供了更便利的基础条件，对违法违规的市场行为产生较强的威慑力，有利于防范市场风险。

根据实名制要求，期货公司必须向投资者介绍期货市场的专业知识，揭示市场风险，使投资者进一步增强对期货市场专业性和高风险特征的认识，而实质上这也是对投资者的教育与培训。随着实名制的推行和进一步防范市场风险，专业性的期货知识有必要也必将得到更加广泛的普及。

由于之前法律法规和规章制度不完善，的确存在游资进入商品期货市场的可能性。但股指期货的推出伴随着开户实名制的实施，可以让市场更规范、更难被操纵。期货交易开户环节中交易编码的"防火墙"制度也可更有效地限制外资进入商品期货市场。

因此，随着中国期货市场法律法规的逐步完善，基础制度稳步建立，风险控制得以加强，外资管理越来越严格，股指期货不仅不会成为外资进入商品期货的"敲门砖"，反而为外资进入期货市场增加了一把"安全锁"，也就是说，即使推出了股指期货，也不会因此让外资趁势进入到商品期货市场中。

目前有哪些风险控制手段
可以防止股指期货市场被
操纵？

我国股指期货市场充分发挥后发优势，大量参考和借鉴了国际市场的成功经验，所设计出的一整套风险控制制度在世界上应该是最为严格的。通过这个系统、完善的风险管理体系，可以按不同层次，分别有所侧重地进行风险管理，来控制股指期货的风险，防范市场操纵。

➤ 监管当局法律法规修订

证券期货监管当局对于股指期货交易的风险管理，主要体现在制度建设和严格监管方面，包括完善期指交易的法规体系、打破股票市场与期货市场间现存的壁垒、以国际惯例编制与管理统一的股票指数、调整期货市场的会员结构等。证券期货监管当局对于股指期货交易的监管，是宏观层次上的风险管理，目的是通过严格的市场监管，形成公开、公正、公平的市场环境。

➤ 交易所是一线监管机构

主要体现在具体交易制度的建立和实施方面。交易所处于整个股指期货交易过程中的一线监管地位，这不仅是因为交易所处于交易成交撮合地、交易信息的汇聚地和发散地，更重要的在于，交易所是交易环境的直观代表，是对交易风险进行监管的第一道防线。保证金制度、价格限制制度、持仓限额制度、大户持仓报告制度、强行平仓制度、强制减仓制度、结算担保金制度和风险警示制度等多项风险管理制度的实施，能够有效地对风险进行管理，防止各种操纵行为。

➤ 中介机构严控风险

股指期货的高风险性与杠杆性，使该金融衍生产品的主要参与者多为机构投资者，相应地，它们也是股指期货交易中风险管理的重点。

（1）建立完善的风险评估系统。首先是市场风险的评估。在成熟市场上，规避资本市场上股票价格、利率和汇率的风险时通常都涉及金融衍生产品交易。市场价格和成交量的波动必须被严格监控，每天的盈亏报表应不断提供市场风险的资讯。通过风险评估系统，高层管理人员应随时了解目前在市场上的所有交易记录、风险情况及其可能导致的最大损失。

（2）建立严格的风险管理制度。一是要从制度上保证深入持续的风险教育，使投资者和管理人员都能做到熟悉、分散、规避、限制风险，并注意激励机制中约束和控制机制的建设。二是各项风险管理制度的执行必须严格和细化。对于风险控制，宁可损失部分的效率也不能留下任何隐患，对于发现的问题必须在最短的时间内予以处理。如对期货交易错误账户中错误交易的处理一定要果断，宁可受损也不能心怀侥幸，这是巴林银行破产案例中最深刻的教训。

为什么说中国现有的监管
体系具有管好股指期货的
独特优势？

完善的股指期货市场监管体系和监管制度，是股指期货交易的基础条件之一。股指期货是一种高端的金融衍生产品，对监管水平的要求很高，我国现有的监管体系是否具有管好股指期货的独特优势？答案是肯定的。

➤ 海外经验：三级监管体系紧密配合

在金融期货上市之前，商品期货和证券之间没有太多的联系，监管机构也不同，而金融期货上市后，各国对股指期货等产品由谁监管有了明确的说法，并逐步建立起了比较完整的监管体系。

从海外经验看，金融期货市场的监管一般由三级监管体系构成，分别是政府监管、期货交易所一线监管、行业协会自律监管，三个机构各司其职，各有侧重。

在金融期货市场中，政府监管部门是市场法律、政策的制定者和执行者，对机构的准入以及市场违法行为有最终决定权及调查权。就政府监管这一层，各国有不同的监管模式，有以英国、德国为代表的统一监管模式和以日本为代表的多边监管模式两类。由于金融期货的性质既具有证券属性，又具有期货属性，因此在监管上产生了一定的交叉。以英国为例，英格兰银行是传统的监管机构，但衍生品的不断推出加大了监管的难度，由此导致监管方式由监管机构为主变为监管产品为主。金融服务局（FSA）对所有金融期货产品和金融期货市场加以监管。在美国，股指期货推出前，美国证券交易委员会（SEC）和期货交易委员会（CFTC）分别对证券和商品期货进行监管。正是因为股指期货的推出，产生了到底由谁监管的讨论。之后"夏德—约翰逊协议"出台，明确了股指期货由 CFTC 来监管，确保了股指期货的顺利推出。2000 年，美国出台《2000 年商品期货现代化法》，对这些金融衍生品的监管职责进行了明确划分，进一步明确了美国金融期货市场的集中统一监管体制。在日本，商品期货由各商品现货的归属部门管理，金融期货由金融监管部门管理。

金融期货交易所既是股指期货市场交易的组织者，又具有对金融期货交易进行一线监管的职责。一方面，交易所是被监管者，其本身由国家主管机关依法监管；另一方面，它还具有一线监管职责。金融期货交易所的一线监管职责主要包括：会员管理；保证交易所业务规则和程序的执行；制定客户定下单处理规范；规定市场报告和交易记录制度；实施市场稽查和惩戒，处理交易中的各种违法、违规行为；维护市场交易的公开性和平等竞争等。

自律监管是指行业自律组织根据全体成员共同制定的行为规范，实行自我约束、自我保护。自律监管可以成为政府监管的基础或补充。随着期货市场的发展，在世界范围内，出于金融期货市场监管及时性、有效性的需要，自律组织和政府在分工监管的基础上，相互协作和相互补充。世界各国和地区的行业自律组织形式虽有不同，但是政府监管当局对行业自律都相当重视，其监管活动在相当程度上与本国的行业自律监管相互配合，关系也越来越密切。

从这里我们可以清楚地看到，海外金融期货的监管体系是一个逐步演进的过程，是在政府和市场不断博弈过程中逐步形成和完善的。

➤ 国内集中统一监管模式已经构建

我国充分发挥后发优势，积极借鉴成熟市场好的经验，建立起了金融期货的三级监管体系：中国证监会的统一监管，中国金融期货交易所的日常监管和中国期货业协会的行业自律监管。

中国证监会同时是我国股票市场和期货市场的监管者，实行统一监管，具有股票市场和期货市场十几年的监管经历，积累了比较丰富的监管经验，且在全国各地均有派出机构，这在金融期货尤其是股指期货的监管方面，具有了独特的优势，避免了跨市场监管的难题。

中国期货业协会在中国商品期货十几年的发展过程中，已经积累

了比较丰富的经验，具有行业自律监管能力。

中国金融期货交易所是国内唯一经国务院批准从事金融期货交易的交易所，具有独家经营的优势，这样可以避免多家交易所并存时可能出现的在会员资格审批、保证金比例、强行平仓等方面的恶性竞争情况，有效防止因为处理会员纠纷不当而可能出现的重大风险事件。

➤ 跨市场监管网络已然搭建

考虑到期货产品是从现货股票市场衍生而来，并且两个市场的交易息息相关，我国建立了股指期货跨市场监管机制，沪深两家股票交易所和中国金融期货交易所、登记结算公司以及保证金监控中心，这几家机构联合组成了跨市场监管的主要组织。

跨市场监管机制是我国股指期货监管体系中独具特色的优势之一，其职能主要是及时评估产生跨金融期现货市场操纵的威胁情况，并采取适当的预防措施；随时监察金融期现货市场交易情况，并在需要时开展调查；及时向公众披露与评估跨金融期现货市场操纵威胁相关的市场数据，保障市场透明有序运作。

综上所述，我国现有的监管体系具有独特优势，能很好地监管好股指期货市场。

推出股指期货需要哪些基本
条件？

➤ 法规先行，制度铺路

股指期货的推出需要法规先行，稳步发展需要有法可依。从各国情况来看，无不如此。韩国政府于 1987 年修改了《证券法》，为股指期货的推出提供法律支持。1993 年成立了期货、期权委员会，为金融衍生品的推出做准备，并且在 1995 年 12 月出台了《期货交易法》，在此基础上，韩国交易所推出了交易、结算和风控等一系列配套制度，这为日后期货期权市场发展铺平了道路。韩国交易所上市一个新品种，只需通过金融监察局和财政部两个环节的政府审批，这为金融创新提供了非常宽松的外部环境。1997 年，亚洲爆发了金融危机，韩国政府不同于其他国家将金融风险归咎于金融衍生品交易，而是通过这次危机认识到金融衍生品作为风险管理工具的重要作用，政府对金融衍生品的认知为以后韩国指数期货期权的发展奠定了坚实的基础。

再如，日本在设立商品期货交易所之前，就先制定了《商品交易所法》（1950 年），并根据市场发展的变化多次对该法进行修改，以适应市场发展的需要和趋势。2004 年，日本修改《商品交易所法》，其最大愿望就是为了提高日本交易所适应国际化竞争的能力，日本期货业界都非常认同法律修改对日本期货市场发展的作用。

➤ 形成统一的期货监管体系

以美国为例，股指期货交易是在国家统一立法《期货交易法》下，形成商品期货交易委员会（CFTC）、期货行业协会与期货交易所三级监管模式。1977 年初，美国堪萨斯期货交易所提出上市股指期货产品，当时有两大问题没有法规可循：一是股指期货到期交割是否可以采用现金结算的问题；二是股指期货究竟由美国期货交易委员会（CFTC）还是由美国证券交易委员会（SEC）来监管。1978 年，《期货交易法》明确了 CFTC 对金融期货的管辖权，经过长期的争论，1981 年 CFTC 的主席约翰逊与 SEC 的主席夏德达成了"夏德—约翰逊协议"，明确由 CFTC 来监管股指期货，1982 年美国国会通过法案，明确 CFTC 拥有对股指期货和期权交易的独立监管权，而 SEC 则负责股票期权交易监管。这为 1982 年顺利推出股指期货解决了法律障碍，确立了监管主体。

我国股票市场与期货市场均由中国证监会统一监管，形成了统一的监管体系，对股指期货的上市是极为有利的。在风险控制方面，形成证监会、交易所、期货公司及结算机构间的层层风险监控制度，风险监控能力已得到大幅提高。

➤ 形成严密的风控制度

风险管理是期货市场的永恒主题。瞬息万变的市场风险要求每个市场参与主体都能清醒地意识到风险的存在。无论是监管机构、交易所、期货公司还是投资者，都需要对市场风险有准确的判断。股指期货是在商品期货基础上发展起来的金融衍生品，同时也要求要有更为严格的风险控制措施。从国际经验看，价格限制制度、持仓限额制度、大户持仓报告制度、强行平仓制度、结算担保金制度和保证金制度等是国际市场通用的风险控制制度，能够确保股指期货的平稳运行。

➤ 现货市场具备足够的深度和广度

股指期货市场是建立在发达的股票现货市场基础上的。现货市场具备足够的深度和广度才能为股指期货的开展提供市场流动性、成熟理性的投资主体、迫切的套期保值需求及良好市场环境的保障。例如，美国 1982 年推出股指期货时，股票市值占 GDP 的比重是 44%，德国 1990 年推出时的比重是 21%，韩国 1996 年推出时的比重是 29%。同国际市场相比，截至 2008 年 12 月 8 日，我国股票现货市场已超过 1680 家上市公司，沪深股票市场总市值达到 16.9 万亿元，总市值占 GDP 的比重超过 60%。而国际市场如美国、日本等推出股指期货时，总市值占 GDP 的比重大约为 30%，我国股票现货市场化程度和规模已经具备了推出股指期货的条件。

现货市场的波动是利用股指期货进行套期保值的市场基础，股指期货开设的主要目的是为了规避股票市场的系统性风险。20 世纪 70 年代，西方各国受石油危机的影响，经济发展十分不稳定，利率波动剧烈，导致股票市场价格大幅波动，股票投资者迫切需要一种能够有效规避风险、实现资产保值的金融工具。于是，股指期货应运而生。从我国股市分析看，系统性风险也非常大，约占市场风险的 65%，而美国等发达国家大部分只有 30%，我国远远超过发达国家的市场波动幅度。频繁而巨大的价格波动为股指期货的套期保值交易提供了内在需求与条件。

为什么说我国沪深 300 股指
期货已经具备成功上市的
条件?

现阶段我国是否有条件推出股指期货？从国内市场发展现状以及股指期货的准备情况看，我国沪深300股指期货已经具备成功上市的条件。

> ### 股票市场为股指期货成功上市奠定了坚实的现货基础

金融衍生品市场之所以在最近二三十年快速发展，最根本的原因在于全球金融经济的崛起及其对规避市场风险的内在需求的推动。我国现在正处于金融业大发展的新时期，大力发展金融衍生品市场势在必行。

目前，我国现货市场规模为沪深300股指期货成功上市奠定了坚实的基础。我国国民生产总值已居全球第四位，股票市场总市值居世界前列，即使从单个交易所的角度看，我国沪深股市也已进入全球大市值股票市场行列。

> ### 相对完善的法规体系为股指期货成功上市提供了重要的制度保障

目前已经形成比较完善的由法律、法规和业务细则构成的法律法规体系，为股指期货成功上市提供了重要的法律和制度保障。从《期货交易管理条例》到《期货交易所管理办法》、《期货公司管理办法》、《证券公司为期货公司提供中间介绍业务管理试行办法》、《期货公司风险监管指标管理试行办法》、《期货公司金融期货结算业务管理试行办法》等法律法规的颁布实施，以及股指期货各项交易规则与细则的出台，基本上形成了覆盖期货市场各个主体、各个环节的规章体系。

> ### 科学选取的指数标的为股指期货成功上市提供了重要的前提条件

选取一个好的指数标的，对股指期货成功上市极为重要。一个最典型的案例是，1984年4月和5月，芝加哥商业交易所和纽约期货交易所分别推出了标准普尔500股指期货和纽约证券交易所综合指数

（NYSE）期货。前者大获成功，而后者一直到目前交易量不及前者的零头，重要原因之一就是标的指数的差异。

国内第一个股指期货是经过了严格科学的筛选，最后选用沪深 300 指数作为标的指数。该指数于 2005 年 4 月 8 日正式公布，是国内上海和深圳两大股票市场第一个统一指数，具有市值覆盖率高、行业分布比较均匀、样本股数量适中、成长性极强等特点。几年来由于市场的良好发展，以及大盘股的密集回归，沪深 300 指数成分股总市值大幅增加，运行情况良好。

➤ 商品期货市场经验和投资者教育是股指期货成功上市的重要保证

2007 年底，国内商品期货交易量已超过美国，居全球第一位。商品期货市场 17 年的发展，为股指期货的推出积累了很好的经验，提供了丰富的参考资料，打下了较为坚实的发展基础。

投资者教育工作是一项艰巨的工程，涉及面广，社会责任重，需要社会各方力量共同参与。近两年来，中国证监会、中国证券业协会、中国期货业协会、中国金融期货交易所及各大证券公司、期货公司等，展开了大规模、各层次的股指期货投资者教育和培训工作，参与者超过 30 多万人次，这在世界上任何资本市场都是罕见的。

➤ 多元化的机构投资者群体是股指期货成功上市的重要基础

相较于 20 世纪 90 年代中国股票市场规模小、主要以证券公司和个人投资者为主、投资者结构单一等特点，进入 21 世纪初的国内股票市场除了规模大大增加、投资者开户人数上亿之外，最重要的一点是已经形成了证券投资基金、社保基金、保险公司、QFII、证券公司、私募基金等颇具规模的多元化机构群体，加上个人投资者的积极参与，还有股权分置改革后上市公司控股股东的自然入市，正在逐步形成以机构投资者为主，多层次、多元化的投资者结构和包括投资、投机等交

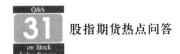

易在内的多方位的交易方式，为金融衍生品的推出培育了良性的土壤。这样，出现当年国债期货市场那种个别机构或者几家寡头机构垄断市场的局面已绝对不可能。

综上所述，我国已经具有发展股指期货的条件，应该在顺应市场需求的前提下尽快推出股指期货，促使其更好地发挥避险作用。

我国是否已经具备推出股指
期货的市场规模？

一个期货品种能够成功推出，必须有强大的现货市场基础，327 国债期货之所以出现较大风险，一个重要原因就是当时的国债现货规模太小，无法为不断增长的期货市场规模提供支持。随着我国股市的快速发展，我国目前已经具备推出股指期货的市场规模。

2007 年，我国沪深股市流通市值一度突破 10 万亿元，沪深两市全部 A 股的总市值一度达到 38 万亿元。虽然经历了股市大跌，截至 2008 年 6 月 10 日，沪深两市全部 A 股上市公司总市值为 20.05 万亿元，折合 2.92 万亿美元。全部 A 股流通市值为 6.67 万亿元，折合 0.97 万亿美元；沪深 300 指数样本股总市值为 16.56 万亿元，流通市值为 4.41 万亿元。

从计算结果看，沪深 300 指数样本股总市值占全部 A 股总市值的比重为 82.63%，沪深 300 指数样本股流通总市值占全部 A 股流通总市值的比重为 66.12%。达到了成熟市场股指期货标的指数的市值覆盖率水平。

上述数值比之沪深 300 指数刚刚开始时有天壤之别，2005 年 3 月末，沪深 300 指数样本股总市值仅为 21817 亿元，流通总市值仅为 5934 亿元；沪深 300 指数样本股总市值占沪深市场比重为 64.55%，流通总市值占沪深市场比重为 58.29%（见图 22）。

如图 23 所示，截至 2008 年 7 月底，沪深股市总市值为 2.658 万亿美元，居全球第六位，其市场规模已经足以支持股指期货市场的建立。

和海外新兴市场相比更能说明问题。目前股指期货市场运作比较成功的印度、韩国及中国台湾等新兴市场，截至 2008 年 7 月底，这些市场的股票现货规模分别为 1.046 万亿美元、0.876 万亿美元和 0.583 万亿美元，都比我国目前市场规模小很多，而其当年开设股指期货时，市值规模更是远小于目前的水平。

通过上述数据我们可以明显看出，沪深 300 指数样本股的代表性已经很强，已达到了国际成熟市场股指期货标的指数成分股的市值覆

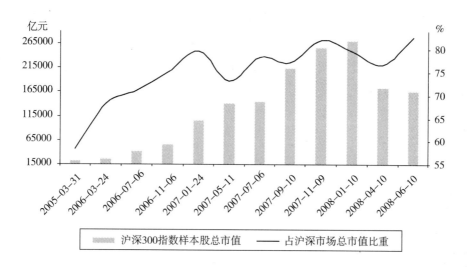

资料来源：中证指数公司。

图 22 截至 2008 年 6 月 10 日沪深 300 指数样本股总市值占沪深股票市场总市值比重

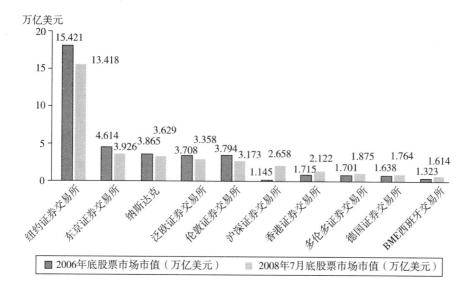

资料来源：海通证券研究所。

图 23 截至 2008 年 7 月底全球资本市场总市值 10 强排名

盖率水平。沪深 300 指数样本股总市值占全部 A 股总市值的比重与标准普尔 500 等国际成熟股指期货市场情况相似，这一市场规模进一步夯实了沪深 300 股指期货上市的基础，有利于股指期货上市后的平稳运行和功能发挥。

我国是否已经具备推出股指
期货的法律法规和制度
基础？

健全的法律法规体系和规章制度，是股指期货市场健康发展的法律和制度保证，也是推出股指期货的制度基础。随着《期货交易管理条例》和相关配套规章的颁布，交易所交易规则及其实施细则的发布，股指期货推出的法律法规体系和规章制度前提已经具备。

从 1999 年开始，证监会开始组织相关期货交易所就股指期货、国债期货等金融期货品种进行研究，全面总结了国债期货试点工作的经验和教训，并对成熟市场和新兴市场金融期货的运行模式、监管执法、风险防范等问题进行了研究。与此同时，我国商品期货市场积累了丰富的经验，监管体制与风险管理手段日益成熟，和 20 世纪 90 年代中期相比，现实情况已经发生了重大变化。可以说，我国已经具备了发展股指期货的法律法规体系和规章制度基础。

➤《期货交易管理条例》奠定了股指期货发展的制度基础

2007 年 4 月 15 日，新修订的《期货交易管理条例》正式施行。《期货交易管理条例》是对 1999 年 9 月 1 日施行的《期货交易管理暂行条例》修改后形成的，是在总结期货市场整顿发展的经验基础上制定的。修订后的《期货交易管理条例》（以下简称新《条例》）为股指期货的推出奠定了法律和制度基础。

新《条例》的适用范围，将期货交易从商品期货扩展到了金融期货和期权交易，进一步强化了风险控制和监督管理，并创新了交易结算制度，适当扩大了期货公司业务范围，强化了基础制度建设，丰富了监管措施和手段，加强了自律监管等。这对于巩固期货市场成果，改善法制环境，牢固法制基础具有重要意义。

新《条例》明确了可交易的合约包括"期货合约"与"期权合约"，合约标的物也拓展为商品及其相关指数产品，有价证券、利率、汇率等金融产品及其相关指数产品，为交易所的品种推出打开了空间，也为推出的股指期货扫除了法律障碍，替沪深 300 股指期货颁发了

"准生证"。可以想象，金融期货与商品期货、期货与期权并驾齐驱的局面将在未来的衍生品市场上成为现实，而品种扩容所带来的市场扩容和投资者结构改变，也将有助于改变中国期货市场品种少、规模小、投资者占主导的现状。

新《条例》赋予了中国期货业协会重要地位，突出了行业自律机构在监管中的作用。在未来的期货市场"五位一体"监管体系中，自律性监管的作用会日益突出。

新《条例》总结了十多年来中国期货市场的经验教训，在规则制度、监督管理和法律责任方面制定了更为科学、更为规范的规定，为中国期货市场健康规范发展提供了法律依据，期货市场将依法前行。

➤ 证监会层面的配套规章细化了股指期货的推出条件

中国证监会根据新《条例》的内容，结合金融期货市场筹备，以及股指期货推出的需要，制定、修改和完善了若干规章和规范性文件，从而进一步健全了期货市场以新《条例》为核心，以部门规章和规范性文件为主体的法规制度体系。证监会配套的规章制度，全面系统地按照新《条例》内容，细化了各项具体制度和监管要求，形成了以主体规范为主线，兼顾业务规范的总体规划。全面修改后的《期货交易所管理办法》、《期货公司管理办法》、《期货公司董事、监事及高级管理人员管理办法》、《期货从业人员管理办法》4项规章，以及新制定的《期货公司金融期货结算业务试行办法》、《期货公司风险监管指标管理试行办法》、《证券公司为期货公司提供中间介绍业务试行办法》3项规范性文件，对期货市场的制度基础，包括股指期货的市场框架、业务模式、准入标准及监管要求等，作出了全面系统的规定。

➤ 完备的交易所业务规则体系为股指期货的平稳推出夯实了基础

中国金融期货交易所作为股指期货市场的组织者，精心打造科学

合理的业务规则体系。2007 年中国金融期货交易所完成了股指期货合约设计及业务规则体系的构建工作。

中国金融期货交易所在充分借鉴境外成熟市场运行经验的基础上，经过反复调研论证及仿真交易测试，逐步完善了股指期货合约设计，选择了代表性强、抗操纵性好、市场接受程度较高的沪深 300 指数作为首个股指期货交易标的。在合约条款设计中，既充分考虑了投资者入市门槛的资金要求，又全面考虑到交易所风险管理的客观需要。

在业务规则制定方面，中国金融期货交易所根据新《条例》和《期货交易所管理办法》等法规和规章，结合征求社会意见和仿真交易，进行集中讨论和逐条论证，逐步完善，于 2007 年 6 月 27 日发布交易规则及其实施细则共 9 项业务规则，形成了以章程、交易规则为核心，实施细则为具体制度落脚点，相关业务指引为具体实施指针，市场协议为延伸的多层次规则体系。

> **期货司法解释为期货市场的定纷止争提供了司法保证**

新《条例》及证监会配套规章主要是行政监管法，而 2003 年最高人民法院发布的《关于审理期货纠纷案件若干问题的规定》（2003 年期货司法解释）则是期货交易的"民法通则"。

2003 年期货司法解释对于规范期货市场各参与主体的行为发挥了重大作用，为期货市场的稳步规范发展创造了良好的法制环境。从某种意义上说，期货司法解释丰富了期货法律体系。期货司法解释强调过错责任和因果关系原则，突出当事人意思自治原则，反映了期货交易的基本要求，为股指期货交易中民事责任的认定提供了指针，为股指期货市场的参与者提供了明确的预期。

> **各项交易规则和细则的相继出台完善了风险管理体系**

2007 年新修订的《期货交易所管理办法》明确提出期货交易所可

以实行会员分级结算制度，从国际经验来看，金融期货的交易所普遍实行金字塔型的会员分级结算以控制风险，这为中国金融期货交易所在会员制度上的创新提供了依据。中国金融期货交易所的会员由结算会员和非结算会员组成，结算会员具有与期货交易所进行结算的资格。期货交易所对结算会员结算，结算会员对非结算会员结算，非结算会员对其受托的客户结算。其中结算会员由交易结算会员、全面结算会员和特别结算会员组成。全面结算会员和特别结算会员可以为与其签订结算协议的非结算会员办理结算业务。

在股指期货市场中，还建立了结算担保金制度和风险准备金制度。结算担保金由结算会员以自有资金向期货交易所缴纳，风险准备金从交易所手续费收入中按比例提取，单独核算，专户存储。结算担保金属于结算会员所有，用于应对结算会员违约风险。会员在期货交易中违约的，以违约会员的自有资金、结算担保金、期货交易所风险准备金和期货交易所自有资金承担。期货交易所的系列创新为股指期货市场的风险防范提供了充分的保证。

➤ 多项制度促使期货公司管理能力全面提升

期货公司是期货市场的中枢力量，它起着承上启下的作用，规范期货公司的管理是股指期货得以平稳发展的关键。新《条例》把"期货经纪公司"改称为"期货公司"，并放开了境外经纪和期货投资咨询等项业务，对期货公司业务实行许可制度，督促期货公司按照现代金融企业制度来经营管理。《期货公司管理办法》对经营金融期货的期货公司从资本金、股东资格等方面都提出了更高的要求。而《期货公司金融期货结算业务试行办法》的颁布则从保证金管理的角度为股指期货的分级结算明确了规则。《期货公司风险监管指标管理试行办法》对期货公司实行数量化的风险监管，要求期货公司建立动态的风险监控和资本补足机制，确保净资本等风险监管指标持续符合标准。最新设立的期货公司首席风险官制度则将风险管理水平推上新的高度。

➤ 证券公司为期货公司提供中间介绍业务有章可循

尚未推出的股指期货"蛋糕"显然是各大证券公司竞相争抢的对象，但为了防范和隔离风险，证监会只允许期货公司从事股指期货的经纪和结算业务（银行可以特别结算会员的身份涉足结算业务），证券公司则必须以中间介绍服务提供商的身份参与股指期货市场，与期货公司分享客户的佣金收入。为此，证监会于 2007 年 4 月 20 日颁布了《证券公司为期货公司提供中间介绍业务试行办法》，规范了证券公司为期货公司提供中间介绍业务的活动，欲开展中间介绍业务的证券公司必须拥有从事介绍业务的资格，而与之合作的期货公司应具有金融期货经纪业务资格，并取得中国金融期货交易所会员资格。中国期货业协会和中国证券业协会随后又联合发布了《中间介绍业务协议指引》，以合同的形式规定了证券公司和期货公司从事中间介绍业务的权利和义务，进一步规范了中间介绍业务活动。

总体来说，为了适应以股指期货为标志的金融期货时代的到来，从《期货交易管理条例》这个期货市场的"根本大法"，到期货交易所、期货公司和证券公司等各个参与主体都制定或修订了相适应的法规或规章，我国已经基本具备推出股指期货的制度基础。

我国是否已经具备推出股指
期货的风险控制能力？

股指期货是全球使用范围最广、效率最高的风险管理工具之一，具有双向买卖、保证金杠杆交易和 T + 0 等交易特性。在国内股票市场换手率高、市场投机气氛较浓、中小投资者占多数的环境下，如果在开设初期投资者大量涌入股指期货市场，有可能导致市场交易过热的局面，甚至可能出现风险事件。因此，和股票交易相比，股指期货市场的运作需要更强的风险控制能力。我国是否已经具备这种风险控制能力呢？答案是确定的。从监管层到交易所都高度重视股指期货的风险控制，在监管过程中借鉴了国际先进经验，"高标准，稳起步"，认真制定对策措施和危机预案，采取了各种有效措施严控风险。

➤ 适度控制交易规模，防止初期市场过热和价格过度偏离

从沪深 300 股指期货合约设计内容看，设立了较高的门槛，适度控制交易规模，防止过热和投机过度，从一开始就将风险承受能力差的投资者保护于股指期货门槛之外。

从国际经验上看，股指期货产品推出后，初期交易大都比较清淡，主要问题不是交易过热而是交易清谈。即使是现在来看比较成功的品种，也都要经历一个交易量由小到大、逐步发展的过程。例如，美国标准普尔 500 指数期货、日本日经 225 指数期货、韩国 KOSPI200 指数期货和中国台湾 TWSE 指数期货等全球 9 个代表性股指期货品种，在推出后 3 个月内日均成交量只有 3751 张，之后逐步增长，推出后 1 年左右的日均成交量才达到 8772 张。因此，沪深 300 股指期货设立了较高门槛为防范风险把好了第一道关。

从股指期货的运作机制看，确保价格不过度偏离也是防范风险的重要一环。股指期货本身是一个专业性强、高度市场化的产品，多空双方可以通过不断开仓来形成有效的供给。高效套利机制的存在，可以有效防止价格过度偏离现货指数，因此一般情况下不会出现类似部分认沽权证那样因供求不平衡出现的价格严重偏离现象。从我国股票

市场指数基金（ETF）的实践来看，通过市场套利，ETF和对应的一篮子股票净值保持了合理的价格关系，并没有出现市场过热的情况。股指期货筹备已有两年多的时间，包括证券公司在内的机构投资者已开发了不少自动化的期现套利系统，一旦出现价格偏离，就可进入股指和股票市场套利，防止价格出现过度偏离。

➤ 风险管理措施完备，调控灵活

我国期货市场经过多年的发展，对保证金、强行平仓等风险管理手段的运用已经积累了丰富的经验，我国股指期货市场在风险管理方面还进行了卓有成效的创新，并设计了联合监管机制，设立了应急预案。如果市场出现极端情况，将启动应急预案，动用备用手段，打击投机，抑制爆炒，确保市场平稳运行。这些可以灵活运用的手段包括：降低限仓额度，严格执行强制减仓制度，进一步提高开户门槛，进一步提高保证金水平，提高最小下单张数等。境外市场经验证明，这些手段能够有效抑制投机，保障市场平稳。例如，日本大阪证券交易所为防止股指期货交易火暴局面的持续蔓延，从1992年开始将保证金从6%阶段性提高，最高达25%，使得交易量当年即下降一半左右，延续调整三年后逐步趋于平稳，成功地抑制了市场投机，保障了市场平稳。

通过利用期货市场特有的"刹车"机制，采取一高（保证金）一低（杠杆）、控制水量（资金）的办法，可以手握缰绳，收放有度，防止股指期货市场初期出现投机过度的局面，以有效和完备的风险管理能力确保我国股指期货的顺利推出和平稳运行。

➤ 多管齐下，操纵指数难以得逞

围绕着股指期货的推出，部分人士担心一些机构会在股指期货市场上翻云覆雨，股指期货会成为它们操纵的对象。尽管理论上存在操纵的可能性，但由于相关制度条件的制约，发生市场操纵行为的可能

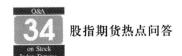

性很小。而且，监管机构对此问题高度重视，并制定了严密的防范措施。各项风险控制措施的颁布实施、交易所实时监控能力的提高和技术手段的改进、跨市场监管协作机制的建设等措施，为市场安全运行加了保险锁。

➤ 严格执行实名开户制度

开户实名制是 2008 年 6 月开始正式实施的一项新举措，对于股指期货市场这一全新市场而言非常重要。不同于股票市场庞大的开户数和解决成本高昂的历史账，股指期货市场从一开始就在开户实名的基础上运转，通过银行账户和期货资金账户两道关卡，加上中国期货保证金监控中心的事后审核，让利用多个账户同时集中买卖、操纵市场价格的行为"无路可逃"，从根源上杜绝了操纵市场行为的发生。

沪深 300 股指期货在什么
指数点位推出最好？

股指期货提供了双向交易机制，可有效防范股票市场系统性风险。比如说市场大涨，这个时候投资者如果持有股票，担心股市下跌，又不愿卖出自己的股票，就可以高位做空股指期货，对冲股市下跌风险；而在市场大跌之后，投资者已经没有股票持仓，又担心错过上涨行情，这个时候就可以在低位做多股指期货，对冲市场上涨的风险。股指期货的这个特点带来了市场的争论：股指期货应该在股票市场处于什么点位的时候推出比较好呢？高点推出，市场担心股市下跌，低点推出，市场盼望股市大涨。从国际市场推出股指期货的基本情况以及我国实际情况看，点位并非股指期货推出所必然考虑的问题，只要有市场需求的存在，何时推出都合适。

➤ 国际经验看，股指期货推出点位并无定律

从国际市场的情况看，股指期货推出点位没有普遍规律，对股市的影响也无定律，无论在发达国家还是在发展中国家，各种情况都有发生。短期内，牛市中推出可能造成大盘下跌，也可能推动股市进一步上扬；熊市中推出，股市既有可能继续下跌，同时也有上涨的空间。有的市场（例如美国）在股市点位较低的熊市末期牛市初期推出股指期货，推出之后股市开始上涨，并经历了一个较长时期的上扬过程，也有的市场（比如中国台湾）在低点位推出，但股市出现了短时下跌；有的市场（比如韩国）在股市点位较高的牛市末期推出股指期货，之后股市出现大幅度下跌，也有的市场（比如日本）同样是在牛市末期推出股指期货，但推出后股市先出现了一定程度的上涨才转为跌势。股指期货的推出对股市并无确定影响，也没有一个国际公认的适合推出股指期货的点位标准。

从长期看，股指期货不能改变股市的根本走势。不仅如此，研究显示，股指期货在降低市场波动性方面起到了积极作用。例如，美国1969年12月29日到股指期货上市前标准普尔500指数日均波动幅度

为 1.872%，而股指期货上市后，2007 年 10 月日均波动幅度为 1.196%，市场大起大落现象明显缓解。

> ➤ **推出股指期货的关键在于市场需求而不是点位**

从国际上看，股指期货的推出完全是因为市场有迫切需求，而不是股市触碰到了需要推出的点位，只要市场有避险需求，有发展和完善资本市场的需求，就可以推出股指期货，推出点位并不是需要考虑的问题。

当前，我国股市面临着非常迫切的避险需求，股指期货推出具有紧迫的现实意义。我国资本市场正处于重大的转折关头：一方面，经过十几年的发展，我国股票市场已经跻身全球大市值行列，股票市场总市值位居全球前列，证券化率也大大提高，沪深股票市场总市值占国民生产总值的比重超过了 60%，股票市场对国民经济的影响越来越深远；但另一方面，我国股票市场定价机制尚不完善，股市大起大落，严重挫伤广大投资者的参与热情。由于缺乏避险机制，一些投资证券投资基金的参与者同样遭受重大损失。

所以，目前推出股指期货更具有迫切的现实意义。由于股市的单边市特性，市场连续下跌时大部分投资者都是亏损的，即便是专业性强的机构，也同样要遭遇系统性风险而没有有效的方式予以规避。双向交易的股指期货能够帮助机构规避市场下跌风险，减少投资亏损，在一定程度上为股市下跌提供有效缓冲，有利于增强市场信心。

目前，正因为股指期货没有推出，当股市出现连续大跌的时候，市场信心容易受到重创，因为投资者看不到盈利，甚至看不到解套的机会。股指期货推出的目的是化解股市积累的风险，无论在市场的上扬还是下行阶段，都能够为投资者提供避险的途径，并不是只有在看准股市点数推出时才能发挥其避险功能。仅仅从点位出发考虑股指期货推出的时机，完全忽视了股指期货在中国推出的真正意义，是对股指期货的误解和短视。

所以，股票现货市场的指数点位不是股指期货推出时机所必须考虑的问题。当前，股指期货肩负着化解资本市场系统性风险、争夺金融资源定价权、维护国家金融安全的重任。当务之急应当是积极创造条件，确保股指期货在"高标准、稳起步"的基础上稳妥推出，从而有效发挥自身的积极作用，更好地为资本市场服务。

融资融券是不是股指期货
推出的必要条件？

融资融券是股票市场的一种买空和卖空手段。有观点认为，必须要等到股票市场发展成熟，培育出自己的做空机制，并运行成熟之后，才能推出同样有做空机制的股指期货。股票市场缺乏卖空机制，是否会影响到同样具有做空功能的股指期货的推出？或者说，是不是一定要等融资融券运行完全成熟后，再推出股指期货？我们从两者的交易机制、国际经验、实际操作几个角度分析，可以很明确地知道，买空卖空机制与股指期货推出的时机选择没有必然联系。

➤ 融资融券是股票市场的买空卖空

融资融券业务就是股票市场的买空卖空机制。其中，融资是指投资者向证券公司等机构借钱，用于购买证券，借款到期时，要偿还本息，有的人把这种方式称为"买空"。融券是指投资者向证券公司等机构借入证券后卖出，到期时，返还相同种类和数量的证券，同时还要支付一定的利息，有人把这种方式称为"卖空"。

➤ 融券做空与股指期货做空不是一码事

融资融券作为股票市场的买空卖空，实质上仍然是一种现货交易，和股指期货交易有着本质上的区别。融资交易中，部分买进股票的金额不是来自投资者本身，而是向证券公司借来的，但到登记公司结算时仍然是100%的资金；同样，融券是证券公司借一部分股票给投资者卖出，到登记公司结算也仍是100%的券。对投资者来说是杠杆操作，但对登记结算公司来说仍然是100%的钱券对付，是没有杠杆的，登记结算公司不承担履约风险。一笔融资买入的对手可能是全额卖出股票，而融券卖出的交易对手可能是全额资金买入股票的投资者。股指期货的交易双方都是保证金交易，对于期货交易所（结算机构）来说也是杠杆操作，因此期货交易所（结算机构）也必须承担风险。

➢ 国际经验中股指期货与融资融券没有必然的联系

从国际经验看，股指期货的推出与融资融券制度的实行并没有必然的联系。包括英国、法国、韩国以及中国香港在内的多数国家和地区，推出股指期货之前股票市场都没有建立卖空机制。而美国、日本、中国台湾等少数国家和地区虽先于股指期货在股票市场建立了卖空机制，但这也是因为股票市场发展较早，而股指期货属于新生事物，并不是刻意安排的。比如，美国在一百多年前就已经有卖空交易，而股指期货是 1982 年为了适应金融市场发展的需要才应运而生的。

对全球主要市场推出股指期货时股票卖空条件的结构分析，如图 24 所示。2006 年底，世界上有 37 个国家和地区推出了股指期货，其中有 18 个，即 48% 的市场，在推出时没有建立卖空机制或实际很少使用，52% 的市场允许且使用卖空股票。

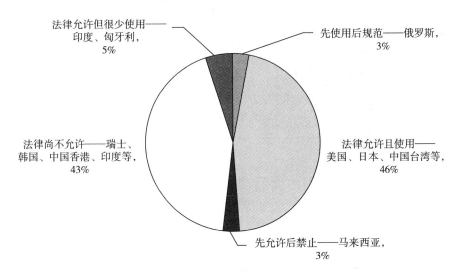

资料来源：中国金融期货交易所。

图24　全球主要市场推出股指期货时的股票卖空条件结构分析

171

表13列出了部分融资融券推出时间后于股指期货的国家和地区，经验数据表明，在推出融资融券之前，这些国家和地区的股指期货运行也相对平稳，并没有出现人们担心的操纵等事件发生。还有像印度等国家和地区股指期货早已经推出，但至今还没有融资融券制度，但它们的股指期货市场依然交易活跃、运行有效，印度2000年推出股指期货，2007年S&P CNX Nifty 50股指期货交易量已经位列全球第三位。

表13　推出股指期货之前股票市场并没有建立卖空机制的部分国家（地区）

序号	国家（地区）	股指期货标的指数	股指期货推出时间	建立卖空机制时间
1	波兰	WIG 20	1998年1月16日	2000年
2	芬兰	FOX	1988年5月2日	1995年5月22日
3	新西兰	Barclay Share	1987年1月	1992年前
4	瑞典	OMX	1987年4月3日	1991年
5	韩国	KOSPI200	1996年5月3日	1996年9月2日
6	中国香港	恒生指数	1986年5月6日	1994年1月3日部分放开 1996年3月25日全部放开
7	智利	IPSA	1990年12月	1999年
8	马来西亚	KLCI	1995年12月15日	1995年允许 1997年又禁止
9	印度	NIFTY指数	2000年6月	法律允许，实际很少用，且禁止外国投资者卖空

资料来源：中国金融期货交易所。

事实上，目前国际国内商品现货市场也不存在做空机制，但商品期货市场同样很好地发挥了套期保值和价格发现功能。可以看出，现货市场有没有做空机制无碍于期货市场功能的发挥。

> **现实条件下融券存在一定限制，并非人人可用**

从套利的角度看，融资融券机制的缺失，可能会在一定程度影响股指期货的反向套利操作。反向套利，是指机构利用期指价格大大低于现货价格的时机，借入股票组合并抛售，同时买进股指期货合约的操作。但从理论到实践都可以看出，反向套利缺乏可操作性，其发生的数量是非常少的，有没有这种机制都不影响股指期货市场和现货市场的正常运行。一方面，当股指期货价格相对现货出现严重低估的时候，融券的同时买入股指期货的套利策略，由于受到融券业务的成本和流动性等诸多限制，套利失败的风险较高。市场机构就会采取单边套利的策略，直接卖出手中股票组合，并买入期货合约，所以并非一定需要融券来修复价差。现实生活中，融券存在诸多限制，比如，只能是特定的机构有资格参与融资融券；比如说进行融资融券也不是无成本买卖，需要支付大约50%左右的保证金，交易成本相当的高；比如对买卖价格有一定限制，美国就有"提价交易机制"，规定除非在卖空交易前的交易价格低于卖空交易被执行的价格，否则证券不能被卖空。也就是说卖空者不能随心所欲向下挂价不断卖空。

另一方面，通过融资融券也未必一定能达到理想的套利目的。股票市场当中不是所有的股票都有融券的资格，能够有融券资格的股票数量有限，市场规模有限，能否迅速融到与指数标的数量和比例相一致的证券来进行套利，对机构来说也是一个很大的难题。例如，我国的香港市场融券业务主要是机构投资者参与，其目的主要是对冲和套利，且融券业务占交易量的比重在3%以下，交易规模不大。因而，受到融券业务的成本和流动性等诸多限制，套利失败的风险较高，实际操作的难度很大，也谈不上价格发现功能的发挥。

➤ 股指期货市场结构完整

此外，即使没有股票卖空，股指期货市场投资者结构也是完整的，既有套期保值者、套利者群体，也有投机者，不可能出现完全是投机者的局面。股指期货推出后，套保者可以利用股指期货来套期保值；套利者也可在股指期货与股票现货之间以及股指期货不同合约之间进行套利。更重要的是，由于股指期货本身具有到期强制收敛的特征，确保了期现价格之间不会出现过大的偏差，从而也保证了股指期货套期保值功能的发挥和确保了市场效率。

当前，我国已经在开展融资融券的试点工作，融资融券机制的存在，有利于股指期货的推出和功能的发挥，对于资本市场机制的完善，对于整个金融体系的发展而言都是有利的。但这并不是说一定要等融资融券业务全部开展并完全成熟后才能推出股指期货，两者应当是相互促进的关系，股指期货的推出同样有利于融资融券业务的顺利开展。股指期货推出后，证券公司可通过调整持仓组合和卖出股指期货等手段来回避借出证券下跌的风险，有助于推动融券业务的开展。没有股指期货，证券公司缺少了对融券业务进行风险对冲的工具，对证券公司的发展也是不利的。从某种意义上说，融资融券业务对股指期货的需求也显得非常迫切，推出股指期货将为融资融券业务的开展创造有利条件。

总体上看，融资融券制度与股指期货的推出时机没有先后之分，二者也没有必然的联系，融资融券买空卖空机制不构成股指期货推出的前提条件。当前，在我国股票市场单边盈利机制环境下，风险更多地体现在价格的下跌中，投资者预期价格下跌即可以通过股指期货的卖空来规避损失。作为风险管理的工具，股指期货在目前的市场环境下具有相当的迫切性和不可替代性。

大盘股回归是不是股指期货
推出的必要条件？

股指期货推出之前，有一种观点认为必须等到所有的大盘股都回归后才是股指期货推出的时机，因为这样，股票市场规模才会足够大，不会出现因为市场规模过小造成的市场操纵。此外，大盘股回归的过程中会造成股票市场指数剧烈振动，如果当时股指期货已经推出的话，现货市场过度的振动会给市场运行带来不利影响，部分方向做错的投资者可能会遭受较大损失。

那么，这种忧虑是否值得过多关注呢？从股指期货标的指数——沪深300指数的构成情况以及当前大盘股回归情况看，由于指数编制的独特性，大盘股所占的比重十分有限，其变动对指数变动的影响也十分有限。因而，大盘股回归不足以过度影响股指期货推出和运行，并不是股指期货推出的必要条件。

➤ 沪深300指数以流通股股本而非总股本为权重

沪深300指数是首个覆盖沪深两市的指数，其选样标准在于选取市场规模大、流通性好的股票。其选取方法是先对样本空间股票在最近一年（新股为上市以来）的日均成交金额由高到低排名，剔除排名后50%的股票，然后对剩余股票按日均总市值由高到低进行排名，选取排名在前300名的股票作为样本股。指数成分股确定之后，并不是"终身制，要对成分股每半年调整一次，每次比例不超过10%，但对总市值排名在沪深市场前10位的新发行股票，可启动快速进入机制，即在上市后第10个交易日进入，同时剔除最近一年日均总市值排名最末的股票。更重要的是，沪深300指数和市场比较熟悉的上证综指的编制方法不同，上证综合指数是以总股本为权重计算的，中国石油、中国石化等大盘股对其影响极大；而沪深300指数以自由流通量为基础，以调整股本为权重，采用派许加权综合价格指数公式进行计算。其中，调整股本根据分级靠档方法获得。大盘股所占的比重并不大。

让我们举个例子来说明同一股票在上证综合指数和沪深300指数

中权重不同之处。2006 年 7 月 5 日中国银行上市，按总股本计入上证指数，其权重排名第一，走势因此对上证指数的走势举足轻重。由于其立即计入上证指数，当日上证指数虚升。而沪深 300 指数在编制方法上有不同，采取的是自由流通量作为权数，即将真正在目前在市场上可实现流通的股本作为权数。中国银行是以自由流通量根据九级靠档，进行调整后计算其权重的，因此，其在沪深 300 指数中的权重排名当时仅排到 10 位之后，而且它是在上市的第 11 日才计入沪深 300 指数的，故其对沪深 300 指数的影响并不显著。从沪深 300 指数的计算方式我们可以看出，大盘股由于权重比较高，对指数是有不可忽视的影响，但还没有起到举足轻重的影响。接下来我们就看一下目前沪深 300 指数里有多少大盘股票，又起到多大的影响。

> **现有指数中大盘股对指数变动影响有限**

沪深 300 指数具有行业相对集中的特征。最为集中的行业是金融服务业，其次是钢铁、饮料、通讯、交通运输，其他包括机械、传媒、石化、房地产等。总体看，沪深 300 指数样本股的行业集中性明显，而且业绩相对较优，并具有一定的成长性。我们可以看一下截止到 2008 年 8 月 12 日前 10 大权重股的排名和所占比例。通过表 14，我们可以看到前 10 大权重股所占比例合计为 25% 左右，而影响最大的股票招商银行所占比例也只不过是 5.86%。而且还可以看到在沪深 300 指数的名单里，老百姓耳熟能详的大型国企几乎大部分都已经在指数中。比如石油行业，中国石化和中国石油都已经进入指数，四大国有商业银行只有农业银行还没有上市，国内排名居前的钢铁公司几乎全部上市。另外，大盘股所占权重比较分散，单个股票的权重非常小，因而大盘股的变动对指数变动的影响十分有限。

表14　2008年8月12日沪深300指数前10大权重股

股票代码	股票简称	权重（％）	所属行业指数
600036	招商银行	5.86	300金融
601318	中国平安	3.67	300金融
600030	中信证券	2.78	300金融
601088	中国神华	2.74	300能源
600000	浦发银行	2.66	300金融
600016	民生银行	2.6	300金融
601166	兴业银行	2.54	300金融
000002	万科A	2.11	300金融
601398	工商银行	1.8	300金融
600519	贵州茅台	1.69	300消费

资料来源：中证指数公司。

➤ 大盘股回归不是股指期货的必要条件

由于目前沪深300指数的市场规模已经非常大，完全具备推出的基础条件，且截至2007年底，主要的大盘股已经基本回归，没有回归的大盘股无论是在数量上还是在权重上都十分有限，其回归对指数变动影响不会很大，不会因为大盘股回归而导致指数剧烈波动从而给股指期货交易带来非常恶性的不利影响。因而，大盘股没完全回归，不会影响到股指期货的推出。

事实上，从2007年开始，部分红筹股和H股开始回归提速。中国人寿、中国平安、交通银行等重量级股票加速回归之后，2007年9月建设银行、中海油服和中国神华等密集发行，10月又迎来中石油。可以说目前大盘股的数量已经足够多，大幅度提高了操纵市场的成本与风险。统计显示，截止到2008年8月，沪深300指数的总市值占沪深市场比例达到70%以上，流通市值占沪深市场比例近70%。2007年年报显示，沪深300指数样本股净利润为8557亿元，占沪深上市公司净利润总额的90.22%。按照2008年6月3日收盘价计算，沪深300指数市盈率为26.45倍，较沪深A股平均水平低9.04%。

在还没有回归的大盘股票名单中，只有中海油、中国移动、中国电信等几家巨型公司。其他像国家电网、农业银行等距离发行上市还有一段时间，而且由于指数以自由流通量作为权数的编制方法，上市当天是以在市场上可实现流通的股本作为权数，并且会在上市10天之后才计入指数，因此即使未来回归上市也不构成特别的影响。

所以说，经过市场多年的快速发展，现有的股票现货市场规模已经完全支持股指期货的推出。后续大盘股的回归和上市对股指期货市场的发展能起到"锦上添花"的作用，但不是股指期货推出的必要条件。

股指期货市场仅仅是一个
投机场所吗？

目前有一种似是而非的观点，认为随着股指期货的推出，我国股票市场中的投机者会全部转向股指期货市场，这样一来，股票市场将成为一个专注于长期投资的市场，而股指期货市场则将成为一个投机者聚集的场所，成为纯粹的投机市场。由于股指期货可以做空、保证金交易、T＋0等特点，市场容易把关注点过多的放在股指期货投机性和高风险性上，因而得出上述观点。

我们从股指期货市场的基本功能、交易机制和市场主体构成等方面进行简要的分析，得出的结论是：股指期货市场的主要功能是为参与者提供风险管理的工具，而并非完全是一个投机的场所。

➤ 股指期货的基本功能是套期保值而不是投机

股指期货最基本的功能是套期保值，也就是通过在期货市场和现货市场反向操作，一个市场上获得的盈利用以弥补另外一个市场的亏损，从而实现稳定的收益。例如，上市公司的大股东可以在股指期货市场对冲因产业政策变动引起的股价下跌风险，而不需要在股票市场抛售股票，以免丧失对公司的控制权。再如，基金在建仓阶段，为了降低股价上涨的冲击成本，也会同时购入股指期货，伴随仓位的建立而逐笔卖出股指期货平仓，降低建仓成本。

因此，虽然股指期货不具有股票市场那样可以通过长期投资获取上市公司成长回报的作用，但它提供的风险管理功能为实体经济的风险剥离提供了可能，为不同风险偏好的参与者提供了风险交易的场所，从而优化了整个经济体的风险结构，起到了降低全社会风险水平的作用。此外，股指期货还有着优化资本市场结构、提高资源配置效率等作用。因此，股指期货已成为现代市场经济不可或缺的主要组成部分。不能简单地认为，一个市场除了投资就是投机。人类经济的发展已经进入了金融化时代，大量涌现的各类市场早已超越了基础的物物易换阶段，所发挥的功能作用也越来越多元化。

股指期货市场的基本功能就是帮助投资者规避股票市场价格波动的风险。由此决定了必须围绕这一基本功能安排交易机制。在股指期货交易中，不要求投资者长期持有股指期货合约。股指期货发挥套期保值规避风险的一个重要前提，是要求期、现价格必须趋于一致。对此，国际上普遍采用到期日的方法，每个合约都不能无限期持有。在到期日的时候，通过一定的制度安排，确保股指期货价格向现货指数收敛。通常来看，为了更有效地对冲股票市场风险，股指期货合约的持有期限多为 1~6 个月。这样，虽然投资者持有股指期货合约的时间会比持有股票的时间短很多，但并不能就此认为这些投资者进行的是投机交易，这是股指期货市场作为一个风险管理场所的本质特征所决定的。

股指期货采用 T＋0 的交易机制。从理论上说，这样的交易机制使得股指期货市场的参与者，在从事股指期货交易的过程中，可能比 T＋1 交易的换手率更高。但是，这样一个市场并不等于就是一个投机的场所。这是因为，要想发挥股指期货市场作为管理风险场所的功能，必须时刻应对股票市场出现的各种风险，而股票市场的风险具有突发性、经常性，甚至瞬息万变的特点，需要提供更灵活便捷的交易机制，方便投资者及时采取措施，快速对冲风险。况且，T＋0 是期货市场普遍采用的交易机制，不仅包括股指期货市场，也包括商品期货市场。既然市场已经普遍认同，商品期货市场并不是一个纯粹投机的市场，具有很重要的套期保值和发现价格功能，那么，也不应该因为股指期货市场采用 T＋0 交易机制而就将这一机制和投机等同起来。

➤ 股指期货市场的投资主体是多元化的

股指期货市场是一个由多种投资主体构成的市场，包括以规避风险为目的的套保者、以寻找小风险利差为目的的套利者和以赚取买卖价差为目的的投机者。三种主体相互依存，缺一不可。一方面，套保和套利的实现，离不开投机者的投机行为来分散风险和提供流动性；另一方面，投机者的投机收益，来自于套保者因为规避风险而愿意放弃或出让的部分收益，投机者在承接了套保者让渡的风险的同时也获取了较高收益。一个只有套保者的市场是没有流动性的市场，一个只有投机者的市场是一个注定不能持久的市场。多元化的投资主体是金融市场的共性，是金融市场有效发挥功能、获得长期发展的基本前提。较高的流动性是市场机制优化资源配置的必要条件。股指期货市场是这样，股票市场也是这样。我们很难想象世界上会有这样的一个股票市场，其参与者全部都是长期持股而没有任何流动，在这样的市场中资源如何实现更好配置？以配置风险为目的的股指期货市场更是如此。

➤ 股指期货的投机也不会完全脱离股票市场

股指期货市场虽然存在着投机活动，但股指期货的市场运行仍是以股票市场为基础，不会从股票市场当中割裂出来。由此，投机者并不会仅仅进行盲目投机，其报价依然要以股票市场价格走势为基础，甚至在两个市场当中同时进行投机，否则，大量套利者的进入会迅速吸纳其中的收益空间。股指期货市场当中的投机行为仍要以股票市场为基础，不会完全脱离股票市场的基本运行。

➤ 结论：股指期货市场不是一个纯粹投机的场所

从上述的分析可以清楚地看到，股指期货市场并不是一个只有投机者存在的乐园。股指期货市场的基本功能是套期保值，其构成主体既有套保者也有投机者。况且，投资和投机也不是对立的，在更多情况下，两者共依共存。投机行为在金融市场中普遍存在，不是股指期货市场的独有现象，而是各类金融市场功能发挥的前提条件。金融市场除了投资功能之外，还有着其他很多有益功能。具有投资功能的市场也不可能完全消除投机行为。进一步讲，市场经济中绝大多数市场设立的目的和其主要功能并非投资，而是为了确立价格的形成机制，其根本目的是为社会资源提供基础性的配置工具。因此，我们不能认为具有风险管理作用的股指期货市场就是一个完全由投机交易构成的市场。

如何看待股指期货市场的
"零和"特征？

股指期货是一种套期保值的手段，通过在期货和现货两个市场反向操作，一个市场的盈利和一个市场的亏损相抵消，表面上看起来总收益正好等于零。由此，有人提出了疑问，既然总收益为零，那么股指期货能起到什么作用呢？我们将从股指期货的"零和"特征出发，分析在"零和"的外表下，股指期货对经济生活和经济主体的"正和"作用。

➤ "零和"的特征体现在两个方面

"零和游戏"，顾名思义，是指这种"游戏"的规则即一方盈利，另一方必然亏损，而且盈利与亏损的总额是相等的。期货交易具有"零和"的特征，而股指期货本身是一个期货品种，因此它也具有"零和"的特征。这种特征主要体现在全体参与股指期货的参与者和运用股指期货进行套期保值两个方面。

首先，对于股指期货全体的参与者而言，绝不可能人人皆胜，始终是几家欢喜几家愁。这是由于在股指期货交易中一方卖出一定数量的期货合约必定有一方买入相应数量的合约，一方盈利的同时必然有对手方的亏损，全体市场参与者的盈亏必然是相等的，不会创造任何新的价值，也不会损失任何财富，盈亏的总和为零。因此，对于全体参与股指期货的投资者来讲，它具有"零和"的特征。

其次，"零和"特征还体现在运用股指期货进行套期保值的过程中。套期保值是股指期货的一个重要功能，即投资者在股票现货市场持有股票，在股指期货市场上卖出大致相同价值的期货合约来锁定利润、控制风险的行为。当股指下跌，投资者在股指期货市场上的盈利与其所持有股票市值的下跌盈亏相抵；如果股指上涨，投资者所持有股票的盈利与其在股指期货市场上的亏损相抵，这样就锁定了投资者手中所持有股票市值随大盘大幅波动的风险。在股票和股指期货两个市场持有相反头寸的原理，决定了套期保值交易也具有"零和"的特征。

➤ 股指期货绝不仅仅是一个"零和游戏"

虽然股指期货交易具有"零和"特征，但绝不能就此认为它仅仅只是一个"零和游戏"，其交易没有任何积极意义。股指期货具有风险转移、优化资产配置以及价格发现等功能，大大提高了资本市场的整体效率。在"零和游戏"的机制下，风险会从一方转移到另外一方，由此实现对现有风险的有效转移和再分配。通过这种风险转移和再分配，股票市场的系统性风险得到了疏通渠道，防止了系统性风险过度积累导致市场剧烈波动，有效地提高了股票市场抗击风险的弹性。因此，股指期货不仅仅是"零和"，而是具有有利的外部效应的"正和"。

从股指期货的基本功能看，它能够为股票市场提供一套行之有效的避险机制，满足投资者日益增长的多样化金融需求。在没有股指期货时，机构投资者对投入股票市场的资金是相对保守的，原因是在没有避险工具的股票市场，规避系统性风险的唯一措施是卖出股票，但因为仓位较重，机构投资者还面临流动性风险。有了股指期货后，当出现系统性风险时，机构投资者可通过卖出股指期货锁定收益，不仅回避了系统性风险，而且降低了流动性风险的困扰。这样，不仅原来风险偏好较高的机构投资者会加大投入股市的资金，而且还会吸引一些原来滞留在股票市场之外的厌恶风险的资金进入。套期保值功能是股指期货诞生的原动力，它将分散在股票现货市场各角落的系统性风险和信用风险，通过股指期货市场重新分配，使得套期保值者以极小的代价、占用较少的资金实现有效的风险管理。对整个市场的长远发展来说，它扩大了股票市场的规模，增强了市场弹性和抵御风险的能力。

从市场参与者的角度看，股指期货推出后，套期保值的投资者能够在系统性风险明显降低的前提下长期持有股票，享受股票长期投资

的红利收益和股东的各项权益，能够优化投资组合策略和风险管理技术，增强自身的竞争能力；套利者能够在股指期货与现货市场之间进行套利活动，获取低风险的稳定收益；偏好风险的投机者可以运用股指期货这一交易成本低、投资效率高的工具获取高风险性收益。在股指期货市场，各类参与者可谓是"各得其所"，共同发展。

总体来看，虽然股指期货市场具有"零和游戏"的特征，但这并不意味着股指期货市场是仅仅提供投机者对赌的市场，相反，正是这种"零和"特征化解了现货市场的运行风险，增强了市场弹性和风险承受能力，帮助了股票市场更加顺畅、高效和健康地发展。这使得股指期货的作用并不是"零和"，而是"正和"。

为什么说股指期货会给资本
市场带来革命性变化？

我们说股指期货会给资本市场带来革命性变化，主要是指股指期货的推出会带来资本市场重大的制度变革，使股票市场交易机制、投资策略、定价机制、市场效率和市场规模等均发生革命性变化，特别是它能够为股票市场提供一套避险机制和风险管理工具，有利于改变股票市场单边上涨或者单边下跌的市场格局，有利于股票市场长远健康发展。

➤ 股指期货为资本市场带来了规避系统性风险的机制和工具

股票市场的风险分为两大类，一种是非系统性风险，主要是单个股票价格波动风险，可以通过多元化分散投资减少单个股票下跌的损失；另一种风险是系统性风险，主要是市场上大部分股票共涨共跌，多元化分散投资难以规避系统性风险，大部分股票都在下跌，分散到多个股票和集中于一只股票的结果没太大差别。系统性风险涉及面广，后果比较严重，不仅造成广大投资者的损失，还使市场运行缺乏弹性，缺乏市场风险释放和化解的渠道，风险不断积聚，其结果就是市场运行出现大起大落。从相关研究资料看，我国股市系统性风险占风险的比重已经超过50%，远远超过美国股市系统性风险在风险中仅为20%多的比重。近两年来，我国股市的波动非常剧烈，股市日均波动率明显加人，波动幅度也不断增加（见图25）。例如，2007年1月4日至7月11日，股市125个交易日中，沪深300指数涨幅达到85.68%，38个交易日下跌，其中13个交易日跌幅超过3%，2月27日沪深300指数最大跌幅超过9%。

股指期货是一种规避市场价格波动风险（特别是系统性风险）的金融工具。如果股市处于下跌通道，投资者已经持有股票，可以在股指期货市场选择做空，也就是先卖出股指期货合约，如果指数进一步下跌，再买入相同数量的股指期货进行平仓，高卖低买获取收益，用以弥补持有股票的亏损，通过两个市场的反向交易，避免价格下跌造成的损失。

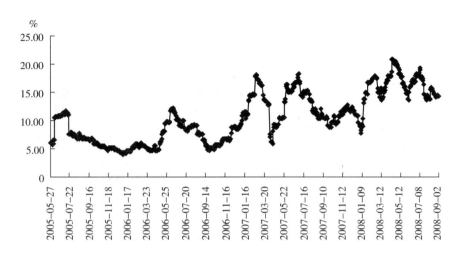

资料来源：中国金融期货交易所。

图 25　沪深 300 指数日均波动率（2005 年 5 月 27 日至 2008 年 9 月 2 日）

> ### ➤ 股指期货增加了资本市场的弹性

作为多层次市场体系的重要组成，股指期货具有避险功能，使资本市场更富弹性，提高了市场应对冲击和风险的承受能力。一个代表性的例子就是，2001 年"9·11"事件发生当日，纽约股市暴跌，之后连续 4 天停盘，在恢复开盘之后，标准普尔 500 指数期货的交易量与持仓量均大幅度增加，如图 26 所示，充分显示出当出现极大风险时市场参与者对利用股指期货规避风险的强烈需求。之后，美国金融市场很快稳定下来，并没有发生人们预期的长期大幅下跌的情况。美联储前主席格林斯潘对此评价说："金融系统也因此发展得比 20 多年前更灵活、有效和富有弹性，世界经济也因此变得更富弹性。"

> ### ➤ 股指期货促进了金融创新，增强了金融市场的国际竞争力

股指期货是 20 世纪 70 年代以来的重大创新，它把业已成熟的商品

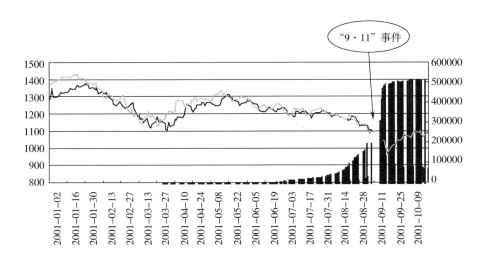

图26　2001年1～10月标准普尔500现货指数、
期指价格比较及期指持仓量与成交量关系

期货交易机制运用于金融期货市场，同时借鉴了其他金融期货的成功
经验，以指数为合约标的物，采用现金交割，引入熔断制度等交易机
制，为金融市场的创新探索提供了鲜活的经验。

与此同时，股指期货本身是一种基础性的金融衍生产品，是一系
列金融创新的基础配套性产品，在它的基础上还可以衍生出股指期权、
股票期货和期权等更高端、更复杂的金融衍生品。这些创新赋予了金
融市场强大的生命力和竞争力，特别是在国际市场的激烈竞争中，创
新对于争夺国际金融资源、维护国家经济金融安全显得尤其重要。

> **股指期货促进了股票市场的健康长远发展**

从国际市场的情况看，韩国、中国香港等国家和地区股指期货推
出后，股票市场交易量都有明显提高。其原因在于，股指期货对系统
性风险的有效规避和化解，提高了资金入市交易的安全性，无形中提
高了资金入市的积极性，加快了资金入市步伐。在一个较长的时期内，

资本市场的规模和流动性都将得到明显的提高，资金也会偏重于流向股指期货标的指数中的成分股，对于改善股票市场资金流向，提高资金使用效率都具有积极意义。

如何利用股指期货规避
系统性风险？

股票市场的总风险可以分为"非系统性风险"和"系统性风险"两个部分。从投资管理的角度来说，非系统性风险可以通过持有分散化的投资组合进行化解。系统性风险，则是在持有一个完全分散的投资组合之后仍需承受的风险，通常用组合的 beta 值来衡量。每一个股票投资组合，都可以计算出其 beta 值，其用途是衡量该投资组合的系统性风险。投资者可以根据对市场的判断，根据其投资组合的 beta 值，在股指期货市场上进行相应的套期保值，以规避其投资组合的系统性风险。

使用股指期货做套期保值的交易策略可以使投资者将市场的价格成功地锁定在当前的水平，使现在持有的股票组合头寸或将来计划购入的股票组合不受保值期间市场系统性风险带来价格上下波动的负面影响。投资者可以根据自己对市场的判断，通过使用流动性好、成本低的期货合约控制价格波动的风险。我们通过以下的例子来具体说明。

以空头套期保值交易为例。假设在 2006 年 12 月，某投资者管理着一个分散化的股票投资组合，价值为 15200 万元，这一投资组合的 beta 值为 0.9，沪深 300 股指期货合约 0703 当时的点位为 1950 点，合约乘数为每点 300 元，合约的保证金为合约价值的 8%。根据对市场的仔细分析，该投资者认为股票市场可能会在今后一段时间出现大幅下跌。为避免股票价格下跌造成的损失，投资者决定采取措施进行套期保值，通过卖出沪深 300 指数 0703 合约以达到锁定利润的目的。

需要卖出的 0703 期货合约的数量由以下公式决定：

$$\frac{152000000}{1950 \times 300} \times 0.9 = 233.85 \text{（份）}$$

向下取整数 233，即投资者需要卖出 233 份沪深 300 指数期货 0703 合约以保证股票投资组合不受价格下跌的影响。投资者为这个头寸需要存入的起始保证金为

$$1950 \times 300 \times 233 \times 8\% = 10904400 \text{（元）}$$

情况 A：市场变动符合预期，股票市场的价格确实下跌了。

假如沪深 300 指数 0703 期货合约在 2007 年 2 月底是 1780 点。投资者持有的股票投资组合价值降低为 14173 万元，若此时平仓，则投资者股票头寸上损失为 15200 – 14173 = 1027（万元），而在沪深 300 指数期货合约上获利（1950 – 1780）×233×300 = 1188.3（万元）。投资者卖出套期保值实现的总体收益为 1188.3 – 1027 = 161.3（万元）。通过套期保值操作，在股票市场下跌的过程中，持有股指期货的空头头寸，既避免了股票价格在高位难以出货的流动性风险，也对冲了持有股票损失的系统性风险。

情况 B：投资者对市场的判断错误，股票市场的价格没有下跌，而是继续上涨。

假如沪深 300 指数期货 0703 合约在 2007 年 2 月底是 2067 点。投资者持有的股票组合价值上升为 16050.7 万元。若此时平仓，则投资者股票头寸上盈利为 16050.7 – 15200 = 850.7（万元），而在沪深 300 指数期货合约上损失（2067 – 1950）×233×300 = 817.8（万元）。投资者卖出套期保值实现的总体收益为 850.7 – 817.8 = 32.9（万元）。虽然失去了从股票投资组合中获取利润的机会，但通过套期保值操作，还是锁住了股票投资组合前期实现的利润，从而规避了市场的系统性风险。

多头套期保值交易的原理基本相同，在投资者预期股票市场将要上涨，但买入股票的资金暂时还没有到位时，投资者也可以通过股指期货的保证金杠杆，利用较少的资金先在期货市场上建立多头头寸来套期保值。假如未来股价上涨，高于当前价格的买入成本，可以通过股指期货的盈利补偿；如果股价下跌，尽管在股指期货合约上蒙受损失，但同时股票组合的购买成本也相应降低了。

由此可见，通过股指期货市场上套期保值的操作，能够较好地规避股票投资组合的系统性风险。

股指期货是怎么发挥价格
发现功能的？

价格发现是股指期货的基本功能之一，即股指期货市场具有提供标的资产价格——股票价格指数信息的能力。

股指期货的价格发现功能是指由所有参与股指期货交易的众多投资者，根据各种综合信息、供求关系和市场预期等，通过集中公开竞价交易达成的股指期货市场均衡价格，成为股票现货市场未来指数走势的重要参考指标，对市场参与者、其他金融市场乃至宏观经济运行都会造成一定的影响。

➤ 海外实证研究发现，部分市场股指期货价格领先现货市场

从理论上讲，股票指数现货与期货虽然在不同的市场交易，但是由于具有相同的资产——股票，如果出现新信息，则两者的市场价格应同时同向变动，且任一市场的价格变动应该不至于领先或落后于另一个市场反映新信息的速度。

但从 20 世纪 80 年代股指期货推出以来，许多实证研究却发现两个市场间的价格变化存在着领先或落后的关系。研究人员通过建立模型分析检验，得出一个共同的结论：股指期货价格对股指现货价格具有一定的领先性、趋同性的特点，股指期货具有重要的价格发现功能。

➤ 股指期货市场通过快速的信息反应能力实现价格发现

股指期货具有高杠杆、低成本、交易速度快、流动性强的优点，可能更早、更快、更准确地反映整个市场运行的实际情况，投资者在获知新信息的时候，往往偏好第一时间在成本较低、成交更为活跃的股指期货市场进行交易，因而股指期货的价格在一定程度上也具有超前性，也由此对股市产生影响。1987 年全球股灾的时候，由于当时纽约股市交易系统滞后，而股指期货成交比较迅速，吸引了大量投资者。从行情显示看，感觉是股指期货价格拉着现货价格变动。

由于这些优点，当两个市场发生价格不同步的情况时，股指期货

市场比与股票现货市场能更快获得市场信息，同时，股指期货的推出也增加了现货市场对信息的反应速度。

需要注意的是，股指期货价格是投资者参考股市当前走势和宏观经济信息所报出的指数点。这个价格带有预期性，是一种基于投资者个人判断的预期，也是建立在现实条件基础上的客观预期。当然，其价格变动的基本决定因素仍然是基本面因素。

➤ 股指期货市场通过完善的交易机制实现合理定价

和股票现货市场比较单一的交易模式不同，股指期货市场由套利者、套期保值者、投机者等多元化的投资者构成，以及做空、套利、套期保值等复杂的交易机制，均有利于抑制价格的过度偏离，有助于实现其价格发现功能。

正是由于不同类型的投资者，通过股指期货独特的交易机制，共同作用形成了资本市场合理的定价机制。其中，套利机制和套期保值机制形成了股指期货合约价格对股票指数的向心力，使股指期货价格必然会向股票价格指数趋近，而不会游离得过远、过久。例如，当股票现货市场或股指期货市场大幅上涨或下跌时，套利机制生效，必然引来大量套利资金的反向操作，卖空被高估的资产，同时买入被低估的资产，不仅拉动两个市场价格的趋近，也可以有助于减缓市场上涨或者下跌的力度，达到期、现市场新的平衡。另外，股指期货具有比股票市场更加灵活的双向交易，同时也拥有一支投机的力量，这样就形成了股指期货合约价格对股票指数的离心力，使股指期货价格不会完全等同于股票现货价格，而是会经常性地发生一定的偏离，围绕着股票市场的现货指数上下波动。

总体上，股指期货的价格形成以供求法则决定为主，通过公开竞价的方式，自由竞争得出市场接受的成交价格。出于对股市未来趋势的研判和解读差异，期货买卖双方的阵营始终处于调整和转化之中，由此形成了一个具有权威性、连续性、预期性的股指期货价格。

这样，股指期货在价格发现的过程中既受到向心力的约束，也受到离心力的影响。向心力决定了股指期货价格必须围绕着现货价位运行，不能偏离标的太远。而离心力的大小则取决于期货买卖双方的整体交易行为，赋予了股指期货独特的运行规律。各方力量共同作用，实现了股指期货的价格发现的过程，也在一定程度上对资本市场合理定价产生了积极的影响。

➤ 股指期货市场通过股票现货市场的基础性作用实现价值回归

股指期货的基础是股票市场，股指期货市场是股票市场衍生出来的市场，其价格发现能力必须受到现货市场的制约和限制，必须以股票现货市场为基础来发现股票指数未来价格。

股票价格指数的变动决定了股指期货的价格变动趋势，同时也影响了股指期货价格在每一个时点的波动性。套保、套利等操作方式和到期日收敛于股票现货指数的结算规则，使得股指期货价格必然要由股票指数现货价格来决定，而不是相反，股票市场是股指期货价格的基础。

股指期货市场的走势不会也不可能长期背离股票市场的基本面，它会预期未来的改变从而领先发现价格，但不可能无视市场的根本因素而创造一个自己的价格，并以此来影响股票市场。股指期货交割制度的设计确保了两个市场一旦脱节或者在较长时间都存在非理性差距时，会通过套利行为以及到期日的强制性收敛把偏离过度的价格拉回到正常道路上来，这样，股指期货市场就通过股票现货市场的基础性作用，实现了价格向价值的回归。

➤ 股指期货的价格发现功能受到股指期货市场广度和深度的限制

股指期货的价格发现功能当然是有条件的，即股指期货市场要具有一定的深度和广度，一个不成熟或者交易量、流动性都很小的市场，价格发现功能是很弱的。例如在大多数新兴市场初期，股指期货市场规模小，机制不健全，投资者结构也不甚合理（套利和套期保值比例低），股指期货的价格波动可能会完全跟着股票现货市场走，自身没有太多的价格发现能力。

我国股指期货市场能否真正
发挥避险作用？

股指期货作为股票市场最重要的避险工具，在国际成熟市场和新兴市场均发挥了积极作用，已成为现代资本市场中公认的有效手段。我国是一个新兴市场，曾经有人质疑过股指期货这一避险工具的作用，那么，股指期货在我国能真正发挥避险作用，成为投资者常备的风险管理工具么？

随着我国股票市场规模的扩大和效率的提高，以及股票市场机构投资者规模的壮大和投资者结构的完善，必然形成对股指期货交易的巨大内在需求。特别是我国的股票市场已经进入全球大市值行列，机构投资者在股票市场的持仓比例已经占到股市总流通市值的40%左右；曾经制约我们发展股指期货的许多制度性与结构性的问题（如股权结构的不合理、国家股与法人股的流通问题等）正在得到解决，市场有效性也不断提高。我国股指期货市场的发展面临了前所未有的好时机，现实条件有利于帮助它从一开始就成为一个健康、有效，能够真正发挥避险作用的市场。

➤ 股票现货市场已具有相当规模

我国股票市场发展速度相当快，据统计，1993年末，中国境内上市公司仅183家，沪深两市股票总市值3531.01亿元，占GDP的10.21%；而到2000年末，上市公司已达1088家，总市值16088亿元，占GDP的16.7%；截至2007年底，上市公司已达到1530家，总市值为32.71万亿元，占GDP的158%。

随着企业改革的深化，必将有更多的符合产业政策、素质较好、有发展前途的股份制公司陆续上市，一大批具有国际影响力的上市公司将成为中国股市的中坚，这些都为股指期货发挥避险作用打下了坚实的基础。

> **股权分置改革基本完成，为股指期货发挥避险作用扫清了障碍**

自 2005 年开始，管理层为了加强股票市场基础性制度建设，坚定不移地进行股权分置改革。目前我国的股权分置改革基本已经顺利结束，困扰我国股市多年的基本缺陷得到根本解决，这为股指期货发挥避险作用扫清了障碍。

> **机构投资者增长迅速，是避险功能发挥作用的中坚力量**

一方面，近年来中国股票市场大力培养机构投资者，如大力发展基金管理公司，积极推进境外合格投资者（QFII）战略，等等。随着保险资金和社保基金入市，证券公司上市，封闭式基金的成功运作以及开放式基金的推出和 QFII 的实施，股票市场机构投资者规模大大提高，成为股指期货发挥避险功能的中坚力量。

另一方面，近年来全球股市波动剧烈，我国股票市场尤甚。经过近几年的市场风险教训，广大机构投资者对股票市场的风险有了理性的认识，规避风险意识日渐加强，对股指期货发挥避险作用有内在的需求。

> **国内、国外的经验教训都为股指期货发挥避险作用提供借鉴**

我国已经具有了丰富的期货市场运作经验，1992 年 6 月，上海外汇调剂中心曾推出外汇期货，1993 年 3 月，海南证券交易中心曾推出深圳股指期货，1993 年 10 月，上海证券交易所曾推出国债期货合约，由于市场的不成熟等种种原因，这些金融期货产品先后被叫停，只有商品期货仍在交易，但这些均为探索股指期货提供了经验。现在，期货交易的功能已经为社会所认识，期货市场从业人员素质也已得到提高，期货市场的法律框架已经构成并随着法律法规的陆续出台而更加完善合理，商品期货市场在交易规则、结算制度、风险控制等方面的能力大幅提高，这些都为股指期货交易打下了良好的基础。

　　股指期货是西方金融期货中发展最为成功的品种之一，经过 20 多年的发展已经非常成熟。世界上已有美国、英国、日本、中国香港、韩国、新加坡等 40 多个国家和地区相继成功地推出股指期货，积累了不少经验和教训。我国股指期货在合约设计、政府监管、风险控制、法律制定等诸多方面，都认真借鉴了国际经验，吸取教训，在股指期货推出之初即与国际接轨。

我国股指期货市场有哪些
主要特点？

股指期货在国际上已经是一个非常成熟和成功的金融衍生品，而国内的商品期货市场也有十多年的历史和经验。我国的股指期货市场正是在吸取了国际先进经验和国内商品期货实践的基础上，结合国情建设起来的。与已有的商品期货市场和国际市场相比，我国股指期货市场有许多新特点：

➢ 股指期货经纪业务由期货公司专营

和国外不同，我国股指期货市场的经纪业务目前由期货公司开展，证券公司等金融机构参与金融期货经纪业务，必须通过参股或控股的期货公司进行。另外，一些符合证监会规定的证券公司，也可以作为中间介绍商，介绍证券投资者到期货公司开户，进行期货交易。

期货公司专营制度符合我们目前股票和期货市场实际情况，期货业务和证券业务相隔离，股指期货市场的风险和股票现货市场相隔离，能够有效限制风险扩散范围，更好地防范风险，有利于市场的长远健康发展。

➢ 采取分级结算制度，分层控制风险

所谓分级结算是把金融期货会员按照资金、实力大小分为不同类型的会员，从事不同的业务。实力较强的会员可以按规定为一些非会员的机构进行结算，而实力较弱的会员则不能获得结算会员资格，需要结算会员为其进行结算。实行会员分级结算制度，通过提高结算会员的资格标准，使得实力雄厚的机构才能成为结算会员，而其他不具备结算会员资格的机构，必须通过结算会员进行结算，这样能够形成一个多层次、风险分担的金字塔型风险管理体系，实现分层逐级控制和承担风险的目的，有效地分散和降低风险。

➤ 实行结算联保制度，提供履约保证

中国金融期货交易所的结算会员必须缴纳一笔结算担保金，作为应对结算会员违约的共同担保资金。当某会员出现账户资金不足且不再追加的时候，为了防范风险进一步扩散，可以动用该笔资金确保履约。结算联保对刚刚建立的金融期货市场尤为重要，能够使金融期货市场在初始运作时就有一笔相当规模的共同担保资金，帮助建立化解风险的缓冲区，进一步强化市场整体抗风险能力，为市场平稳运行提供有力保障。

➤ 引入熔断机制，为市场提供冷静期

熔断制度在国际上已经是一个比较成熟的价格限制制度，通过为市场提供一个冷静期，可有效防范股指期货合约价格过度偏离的非理性行为的发生。

我国股指期货市场引入了熔断机制，也是我国期货市场首次采用这一风险控制措施，有利于市场的健康稳定发展。

境内第一个股指期货标的
指数为何选择沪深300
指数而非上证综指？

标的指数的选取对于一个股指期货产品而言非常重要，不仅会影响到其交易量，更可能会影响到股指期货市场的风险控制能力。由此，我们来分析一下我国境内第一个股指期货的标的指数为何选择了沪深300指数而非知名度更高的上证综合指数。

从国际经验看，指数的选取考虑因素主要包括市场代表性、投资的分散化、市场的覆盖率、指数投资性、股票流通性、是否可操纵、交易成本高低、跟踪误差大小等方面。从股指期货标的指数的选择原则看，沪深300指数比上证综合指数更加适合作为股指期货标的指数。

➢ 股指期货标的指数一般采用成分股指数，而不用综合指数

这是因为股指期货上市后，机构投资者要进行大量的套利和套期保值交易，采用综合指数不利于进行样本股的复制和追踪。所以，一些知名的股指期货标的指数如美国标准普尔500指数、英国FT100指数、日经225指数、香港恒生指数等，均为成分股指数。

在我们前文曾经提到例子中，纽约证券交易所推出的纽约证券交易所综合指数（NYSE）期货，其标的指数正是综合指数，其不成功也就可以理解了。

➢ 股指期货标的指数成分股要有一定市场覆盖率，防止市场操纵

由于股指期货交割时采用现货指数值作为计算指数期货的交割结算价，因此指数选取应以不容易被操纵为宜。这意味着指数应当覆盖一个合理数量的大市值股票组合。包括的股票越多，覆盖的市值越大，市场操纵越难。另外，指数内部结构也很重要，例如以总股本加权，某些股票总股本很大但流通股很小，存在被操纵的可能性；成分指数中如果某个股票权重过大也容易发生操纵。尽管不同国家上市的指数期货标的各不相同，但为了防止市场操纵，绝大多数指数都涵盖了较大的市值，一般都占到总流通市值的50%以上，而且成分股均为成交

活跃的股票。

从国际比较的角度看，股指期货的标的指数样本股总市值占整个市场股票总市值的比重一般都在 60%～80% 之间。有代表性的如美国标准普尔 500 指数、香港恒生指数等，基本上都在这个范围。恒生指数在选择成分股时选择的是市值最大、交投最活跃的公司，33 家成分股市值覆盖率达到 80%。

标准普尔 500 指数样本股的市值覆盖率约为 75%，由纽约交易所和纳斯达克共 500 只股票构成，原来美国交易所的几家公司在上次调整样本时被剔出（见表 15）。截至 2008 年 9 月 3 日，标准普尔 500 指数总市值为 11.145 万亿美元。以标准普尔 500 指数为标的的股指期货，其迷你型合约近几年一直是全球交易量最大、影响也最大的股指期货合约。

表 15　截至 2008 年 6 月 30 日标准普尔 500 指数交易所分类比较

交易所	样本公司数量	占市值比重（%）
纽约证券交易所	421	83.7
纳斯达克	79	16.3
美国证券交易所	0	0
总计	500	100

资料来源：标准普尔公司。

➤ 股指期货标的指数要利于股指期货避险功能的发挥

开展套期保值交易，规避股市风险，是股指期货交易的主要目的。在股指期货标的选择时必须首先考虑提高投资者套期保值交易的效果，需要标的指数与全市场指数有较强的相关性。套期保值效果与成本可通过最小方差模型进行定量比较。这种模型的原理是运用股指期货来降低所持有的现货股票资产的波动率，通过不同标的的股指期货所降低的波动率程度来比较套期保值的效果。具体方法是，选定一个现货

股票组合，通过用不同标的的股指期货进行方向相反的套期保值操作，使现货股票与某个股指期货组合的收益率的波动最小。

➤ 股指期货标的指数要便于股指期货套利交易进行

从给投资者操作带来便利的角度看，标的指数要能便于套利交易的进行。股指期货和现货之间的套利对于保证期货价格能够正确反映基本面状况而言是很重要的。套利的一个必要前提是能够及时察觉股指期货价格偏离了无套利区间。一旦发现定价偏差，套利者就能够迅速交易一揽子指数股票，但只有在指数包含少数成分股的情况下才能迅速而低成本地实施套利。因此指数选择需要综合考虑套利的便利性，它必须是有确定股票数目的成分股指数。另外，指数的构成应当尽量保持稳定，否则需要对现货头寸进行调整，而这将带来套利风险。

➤ 股指期货标的指数要简单、透明，为广大投资者所接受

一个好的指数是容易理解并且简单明了，指数编制方法是完全透明的，使投资者根据选股原则知道哪些股票应被选入成分股，哪些股票应当被剔除出去。在选股上，应主要考虑股票的市值与流动性、总市值、流通市值、交易量、换手率等指标。股票市值是股票影响力和代表性的一种体现，如果流通市值大说明股票对市场的影响比较大，总市值大则表明对市场所代表的那部分经济的影响比较大。选择这些大公司，也就选出了市场有代表性的股票，同时也可避免市场操纵行为的发生。股票的流动性是出于交易成本的考虑。如果股票的流动性出了问题，那么它就不能及时地将信息反映到价格上，这就会使指数不能准确地反映市场的实际情况。而对于指数产品的操作，流动性差会增加风险和交易成本。

> **股指期货标的指数的编制、管理等符合国际惯例**

国际指数发展趋势已经从地区性走向国际化，编制主体从交易所转向以指数公司为主。从世界范围看，股指期货标的指数编制主体主要是金融服务公司、交易所以及投资银行等，其共同特点是编制主体聘请专家或由专家担任顾问，有很强的技术支持，计算准确、发布及时，在投资人中有广泛的影响，其中尤以金融服务类公司最为成功，因为这些公司本身并不参与市场，其公正性、客观性更容易得到认同，如四大指数编制公司（道琼斯公司、标准普尔公司、金融时报—伦敦交易所公司和摩根士丹利资本国际公司）。

根据上面这几个原则，我们可以看出，上证综指是属于综合指数，不太适合做股指期货标的指数，同时，沪深两个市场各自均有独立的综合指数和成分指数，这些指数在投资者中有较高的认同度，但原来市场中的股票指数，无论是综合指数，还是成分股指数，只是分别表征了两个市场各自的行情走势，都不具有反映沪深两个市场整体走势的能力。沪深 300 指数是国内第一个横跨两个市场的指数，由专门成立的中证指数公司编制，符合国际惯例中选择指数标的的原则。而且从数据对比可以发现，沪深 300 指数除了样本股总市值上没有标准普尔 500 指数样本股大外，其他很多指标例如市场覆盖率等都和标准普尔 500 指数具有相似性，非常适合作为指数标的。

所以，我国国内第一个股指期货经过严格科学的筛选，最后决定用沪深 300 指数作为标的指数。

为什么沪深 300 股指期货的
门槛较高？

　　股指期货的门槛高低是通过合约价值的大小表现出来的，而合约价值又与合约乘数直接相关。按照国际普遍做法，股指期货合约价值以标的指数点数与某一既定的货币金额的乘积来表示，即合约价值 = 指数点 × 每点金额，每点金额就是合约乘数。例如，恒生指数期货的合约为每点 50 港元，当恒生指数期货价格为 18000 点时，该期货合约价值为 90 万港元。

　　按照我国目前的规定，沪深 300 股指期货的合约乘数为每点 300 元。假设沪深 300 股指期货合约价格为 3000 点，则一张股指期货合约价值为 90 万元。

　　那么，为什么沪深 300 股指期货选择 300 元/点作为乘数，把门槛定得如此之高呢？一般而言，乘数的大小涉及合约规模的大小，而合约规模的大小又会影响甚至决定股指期货上市后的交易量大小。乘数如果太大，则合约的规模会很大，股指期货交易量将会很小，市场可能会出现流动性问题；反之，乘数如果太小，则合约的规模会很小，股指期货交易量将会很大，市场可能会出现过热现象。

　　我们目前在制度规则的设计上很大程度是把防止过度投机和控制风险放在首位，因而选择了相对较大的合约乘数，设置了较高的门槛。从国际上的情况看，如表 16 所示，截至 2008 年 6 月 27 日，全球主要指数期货合约价值平均为 62.87 万元人民币，其中交易量排名全球第三位的印度的 S&P CNX Nifty 股指期货，2007 年成交量达到了 1.38 亿张合约，目前的合约价值折合人民币大约为 13 万元，只有我们沪深 300 股指期货合约价值的约十分之一。

　　显然，和海外股指期货市场相比，沪深 300 股指期货合约规格在国际上是较大的，但这显然比较符合目前中国股票市场的实际，也与防范风险、避免市场过度炒作的设立初衷是一致的，较高的门槛有利于股指期货市场的长远稳定健康发展。

表 16 截至 2008 年 6 月 27 日全球主要指数期货合约规格

指数名称	指数	指数期货名称	交易所	期货乘数	规模（当地货币）	币别	汇率	规模（元人民币）
台股加权指数	7548.76	台股期货	台湾期货交易所	200	1509752	新台币	0.22593604 9	341107
		迷你台指期货	台湾期货交易所	50	377438	新台币	0.22593604 9	85277
标准普尔 500	1278.38	标准普尔 500 指数期货	芝加哥商业交易所	250	319595	美元	6.861	2192741
		迷你标准普尔 500 指数期货	芝加哥商业交易所	50	63919	美元	6.861	438548
道琼斯工业指数	11348.96	道琼斯工业股价指数期货	芝加哥期货交易所	10	113489.6	美元	6.861	778652
		道琼斯工业股价指数期货	芝加哥期货交易所	5	56744.8	美元	6.861	389326
		道琼斯工业股价指数期货	大阪证券交易所	100	1134896	日元	6.4172 *	72829
		道琼斯工业股价指数期货	香港交易所	10	113489.6	港元	0.87940	99803
DJ Euro Stoxx 50	3340.27	DJ Euro Stoxx 50 指数期货	欧洲期货交易所	10	33402.7	欧元	10.8033	360859
NASDAQ 100	1855.72	NASDAQ 100 指数期货	芝加哥商业交易所	100	185572	美元	6.861	1273209
		迷你 NASDAQ 100 指数期货	芝加哥商业交易所	20	37114.4	美元	6.861	254642
CAC 40	4397.32	CAC 40 指数期货	欧洲期货交易所	10	43973.2	欧元	10.7252	471621
FTSE 100	5529.9	FTSE 100 指数期货	伦敦国际金融期货期权交易所	10	55299	英镑	14.251	788066

续表

指数名称	指数	指数期货名称	交易所	期货乘数	规模（当地货币）	币别	汇率	规模（元人民币）
DAX	6421.9	DAX 指数期货	欧洲期货交易所	25	160547.5	欧元	10.8033	1734443
日经225		NIKKEI 225 指数期货	芝加哥商业交易所	5	67721.5	美元	7.2609	491719
		NIKKEI 225 指数期货	大阪证券交易所	1000	13544300	日元	6.4172*	869165
	13544.3	NIKKEI 225 指数期货	新加坡衍生商品交易所	500	6772150	日元	6.4172*	434582
恒生指数		恒生指数期货	香港交易所	50	1101845	港元	0.87940	968962
	22036.9	迷你恒生指数期货	香港交易所	10	220369	港元	0.87940	193792
S&P CNX Nifty Index	4147.3	S&P CNX Nifty 指数期货	印度国家股票交易所（NSE）	200	829460	卢比	0.160341201	132997
KOSPI 200	214.59	KOSPI 200 指数期货	韩国证券交易所	500000	107295000	韩圆	0.65869815 7*	831084
平均								628735
CIS300	2816.02	沪深300股指期货	中国金融期货交易所	300	844806	人民币	1.0000	844806

注：*分别为100日元和100韩圆兑人民币的汇价。

资料来源：各大期货交易所。

与此同时，从国际经验看，机构更偏好于大规模的合约。由于股指期货推出的目的主要是为机构投资者提供风险对冲的工具，选择较高的门槛也符合机构的要求，符合股指期货有效发挥避险作用的要求。

为什么股指期货合约价格
不等于股票价格指数？

有些投资者对股指期货不甚了解，特别对股指期货合约和标的指数之间的关系不太清楚，以为股指期货既然是以股票价格指数为标的的期货产品，股指期货合约的价格就应该等于股票价格指数。

这种看法是由于不了解期货交易而产生的，股指期货合约价格是对未来股票指数的预期，并不完全等于当前的股票价格指数，特别对远期合约而言，两者之间还存在较大差异。

表17是2008年8月27日恒生指数期货行情信息表。我们看到，恒生指数期货总共有4个可以交易的合约，8－Aug、8－Sep、8－Dec、9－Mar代表四个合约的到期日分别为2008年8月、9月、12月和2009年3月。当天恒生指数现货价格收盘21464点，我们看到4个合约的结算价分别为21411、21363、21382和21311点，现货当天上涨408点，而4个期货合约分别上涨325、350、351和323点。可见，指数点位和涨跌幅均存在差异。

表17　2008年8月27日恒生指数期货行情信息表

合约	开盘价	日内最高价	日内最低价	收盘价	结算价变化	合约最高价	合约最低价
恒生指数	21104	21464	21104	21464	408		
8－Aug	21084	21467	21000	21411	325	23415	20305
8－Sep	20970	21421	20915	21363	350	26174	20230
8－Dec	21122	21443	21094	21382	351	26057	20300
9－Mar	21200	21230	21200	21311	323	22640	20361
						All Contracts Total	

资料来源：香港联合交易所。

期货市场把当前期货合约价格和现货价格之差，称为基差，即基差可以定义为标的资产的现货价格减去期货的当前价格，也就是，基差＝现货价格－期货价格。

股指期货合约价格反映了当前投资者对未来股票指数的预期，例如恒生指数期货9－Mar合约当日收盘价为21311点，说明投资者预期恒生指数在 2009 年 3 月股指期货到期日，指数为 21311 点，当天基差为 153 点。

那么，为什么会有基差存在，为什么会出现股指期货合约的价格和股票价格指数不相等的情况？这里面有预期的因素，也有股指期货持有成本的问题。

从持有成本角度看，一方面，持有股指期货合约需要占用保证金，就有资金利息损失的问题，因此使得期货价格要高于现货价格，高出部分包括利息成本以及时间成本；另一方面，持有指数成分股有权获得红利，持有股指期货合约得不到红利，因此使得现货价格要高于期货价格，高出部分包括红利的现值及其利息。

所以，股指期货的基差可能为正也可能为负，这取决于上述两者的相对大小。对于不同的期限，其大小也会不同，从而导致某些期限的基差是正的，有些期限的基差则是负的。

从预期的角度看，人们对未来股市的预期，也在一定程度上决定了基差的大小，特别是大牛市当中，正基差会很大，这反映了投资者强烈的牛市预期。例如，表 18 中，2007 年 8 月 31 日中国金融期货交易所股指期货仿真交易行情，当天股票现货指数只有 5296.8 点，市场预期的 2008 年 3 月到期的沪深 300 指数已经达到了 6895 点；而大熊市当中，负基差会很大，反映了投资者强烈的熊市预期。

表 18　2007 年 8 月 31 日中国金融期货交易所股指期货仿真交易行情报价表

合约代码	最新成交价	涨跌	买价	买量	卖价	卖量	成交量	持仓量	结算价	昨日结算价
HS300	5296.8	55.6								
IF0709	5365.6	18.6	5366	21	5367	18	25235	29901	5366	5347
IF0710	5890	87.4	5890	6	5894	10	21046	6163	5942.8	5802.6
IF0712	6282	192.8	6281	8	6282	9	48872	15330	6348.4	6089.2
IF0803	6895	355.8	6895	10	6895	12	35356	10028	6902.8	6539.2

资料来源：中国金融期货交易所。

　　当然，随着股指期货合约交割日的临近，股指期货的持有成本会趋向于0，基差也会逐步趋向于0。因而，无论基差之前是正的还是负的，在交割日期货价格和现货价格是相等的，基差为0。图27 表示了这种收敛过程。

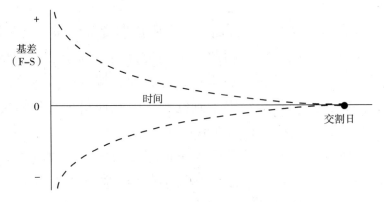

资料来源：STOCK INDEX FUTURES，CHARLES SUTCLIFFE。

图27　基差收敛

股指期货和股票市场运行
是否是"两张皮"？

在沪深 300 股指期货仿真交易中，股指期货的价格与股票市场上的沪深 300 指数出现了很大的偏差。那么，在真实交易的时候，是否也会出现股指期货价格远远偏离股票价格指数，使得两个市场成为毫不相干的"两张皮"，从而影响股指期货的定价效率呢？

这种情况在真实的沪深 300 股指期货市场是不会出现的。事实上，股指期货的套利机制和股指期货交易机制上的特点，决定了股指期货价格不会长期过度偏离现货指数。

➤ 套利机制的存在促进股指期货市场迅速纠偏

所谓套利，是指交易者利用市场上两个相同或相关资产暂时出现的不合理的价格偏差，买入价值相对低估的资产，同时卖出价值相对高估资产的交易行为。当这种不合理的价格偏差缩小或消失时，套利者即可再做相反的交易，就可以获取套利利润。套利是一种风险很小的操作方式，它和投机交易以及套保交易都有着显著不同。投机交易是在单一市场的低买高卖，赚取价差，套利则是在两个市场同时进行方向相反的操作。套保同样也是在两个市场同时进行方向相反的操作，但套保的结果是一个市场获取收益而外一个市场遭遇亏损，套利的结果则是两个市场都获得收益。

在股指期货市场当中，期现套利是一种常见的套利方式，也是确保期、现两个市场不会过度偏离的重要原因。当股指期货的交易价格与股票指数差距过大，已经超出无风险套利区间时，套利者就会进入两个市场进行操作。当现货指数被低估而某个交割月的期货合约被高估时，套利者会买入构成指数的成分股或相应的 ETF，同时开仓卖出期货合约，随着套利者的不断进入，成分股价格会开始上升，而期货价格开始下跌，两个市场价格将会逐渐趋于一致。当价格回归到无风险套利区间之时，套利者将会卖出成分股，同时平仓买入股指期货合约，以此在两个市场都获取风险很低的价差收益。

反之，若现货指数被高估而某个交割月的期货合约被低估时，同样可以通过相反的操作获取套利利润。由于期货价格低于现货的情况出现的机会并不多，我们将不再赘述。

套利的存在使期货市场不会长期偏离现货市场。套利的低风险性又吸引了很多套利者的参加，众多套利者的套利行为，也加速了期货市场和现货市场之间趋近的速度，对于加快价格调整具有非常积极的作用。

我们目前的仿真交易只是针对沪深300股指期货进行撮合成交，仿真交易的资金是虚拟的，因而无法实现期、现两个市场的套利，期货市场与现货市场出现了过度偏离，而现实交易中套利是无障碍的。

➤ 交割结算价制度保证了股指期货最终与股票现货一致

股指期货到期实行现金交割的方式，到期时以股票现货市场指数作为计算依据，计算交割结算价，了结股指期货头寸，进行盈亏转账。按照中国金融期货交易所的规定，沪深300股指期货的交割结算价是股票市场现货指数最后2小时的算术平均价，这一计算方法在一定程度上保证了股指期货最终能够收敛于股票市场，同时也为套利行为提供了有力支持。如果在股指期货合约到期前，套利行为不能及时推动期现价格回归的话，到期收敛的特性同样能够发挥作用，帮助套利者获取套利收益，鼓励套利行为的发生。

➤ 股指期货价格与股票市场不可能完全一致，但以股票市场为基础

股指期货市场的市场参与者和股票市场并不是完全一样的，对指数标的运行趋势的预期和以成分股价格变动计算指数的指数编制方法之间也会存在偏差。说到底，二者毕竟是两个有着相似之处但并不完全相同的市场，因而，二者价格出现一定的偏差也是必然的。从理论上看，期货价格由于包含时间价值，正常情况下会略微高于

现货价格；从现实中看，国际成熟市场上两种价格也并不是时时刻刻完全一致，总存在一定的偏离，吸引了大量套利者的进入。根据实证研究，我们以美国标准普尔500指数为核心，上下各加上股指期货套利成本形成一个区间，结果发现股指期货价格就是顺利运行在此区间内，这正好说明只要套利运行顺利，股指期货的价格不会偏离股票指数太远。总体上，两个市场是相互联系、相互影响的，并不是相互隔离、相互割裂的。股指期货市场的运行以股票市场为基础，在股票市场价格变动的基础上，通过公开集中的场内交易，反映着股票市场的运行状况，反映着各种信息的变动，反映着市场参与者对未来的预期，并将自身的变动及时反馈到股票市场当中，实现两个市场的互动。

从目前我国股票市场的投资者
结构的角度看，是否应该推出
股指期货？

普遍认为，机构投资者应当是股指期货最重要的使用者。由此带来了一个问题，当一个市场中中小投资者占据了很大比例的时候，是否有条件推出股指期货？从海外市场情况以及我国股票市场投资者结构的实际情况看，虽然我国的中小投资者比重较大，但机构投资者已经成为重要力量，加上投资者教育工作的推进，投资者结构已经不是股指期货推出的障碍。

➤ 机构投资者是股指期货市场的主体

当一个股票市场中机构投资者占主导地位的时候，就会对避险产生极大需求。股指期货在 1982 年诞生，正是顺应了美国股票市场投资者结构变化的形势，满足了机构投资者的需求。在当时，由于股市大跌，金融机构产生了强烈的避险需求，股指期货应运而生，为机构提供了更多的投资选择和策略组合，也有助于机构做大做强，在金融竞争中掌握更多竞争优势。可以说，股指期货的产生主要是顺应市场主体迫切需求的结果，是为机构提供避险服务而出现的。事实也说明，目前全球主要股指期货市场的参与者主要是机构投资者，特别是全球最大的股指期货市场——芝加哥商业交易所，60% 左右的交易量是套期保值者交易的。

由于机构投资者对套期保值、套利等交易有着强烈的市场需求，且参与套期保值、套利等交易的机构投资者主要来源于股票现货市场，股票现货市场的机构投资者比例，就成为是否需要推出股指期货的重要参照指标，也成为股指期货能否真正发挥作用的重要指标。

➤ 我国机构投资者比重增大，避险需求强烈

就我国而言，随着股票市场的深入发展和机构投资者的不断培育，投资者结构已发生重大变化，机构投资者占比稳步提高，越来越适合推出股指期货。与此同时，股票市场波动大，机构投资者对避险的需

求也在增大，股指期货的推出有着更为坚实的市场基础。

相较于 20 世纪 90 年代中国股票市场规模小，以及主要以证券公司和个人投资者为主、投资者结构单一等特点，目前国内股票市场已经形成了以社保基金、保险公司、证券投资基金、QFII、证券公司、私募基金以及个人投资者等以机构投资者为主、多层次、多元化的投资者结构。中国股票市场多元化的投资者结构和机构时代的来临，为金融衍生品市场的大发展提供了直接的动力和源泉。

据中国证券登记结算公司提供的数据，截至 2007 年 12 月 21 日，沪深股票市场登记存管已上市 A 股流通市值 9.10 万亿元。其中，包括证券投资基金、全国社保基金、QFII、保险公司、企业年金、证券公司、一般机构在内的机构投资者持有的已上市 A 股流通市值占比为48.71%，比 2006 年末该比例提高了 6.19 个百分点；相应地，个人投资者持有已上市 A 股流通市值占比从 2006 年底的 57.48% 下降到 2007年底的 51.29%（见图 28）。

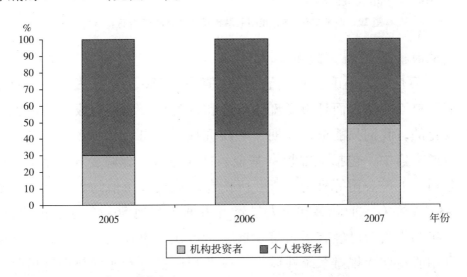

资料来源：中国证券登记结算公司。

图 28　截至 2007 年底我国股票市场上机构持有流通市值比例提高

另外，根据中国证券业协会和中国证券登记结算公司提供的资料，截至 2007 年底，59 家基金管理公司管理基金资产净值为 32762 亿元，持有的 A 股流通市值占比达到了 28.20%（见图 29）。

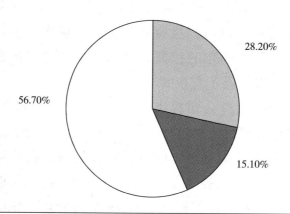

资料来源：中国证券登记结算公司。

图 29　截至 2007 年底我国股票市场上流通市值持有者结构

从最新数据看，截至 2008 年 8 月 15 日，沪深股市总市值为 15.943 万亿元人民币，A 股流通总市值为 5.386 万亿元人民币。由于数据资料不完备，而且市场流通市值和各类投资者持有股票的市值都是变化的，我们只能根据前期一些研究成果，可以初步预估，在目前的流通市值中，包括证券投资基金、社保基金、保险公司、QFII、证券公司、上市公司等机构投资者所持有的流通股市值约占总流通市值的 43.3% 左右，而私募和个人投资者占据了其他 56.7% 左右的份额。当前机构投资者已经有了长足发展，所占比重也在逐步提高，完全能够利用股指期货规避系统性风险，或者利用自身专业优势进行风险相对较低的套利交易，而风险承受能力强的私募基金等风险偏好者也可以参与投机性交易。这种多元化的投资者结构既能够保证股指期货避险功能的发挥，也能满足不同投资者的多种偏好。因此，现有的投资者结构无碍股指期货的推出，投资者更会因为股指期货的推出找到符合自身偏好的交易方式，这反而更有利于股指期货提高流动性，强化风险分散功能。

海外股指期货市场投资者
结构是什么样的？

　　海外股指期货市场投资者结构总体上是以机构投资者为主的，但各市场也有一定的差异。我们将选取几个主要市场，看其投资者结构从初期到成熟期的变化情况，找出其中的共性特点，供我国建设股指期货市场借鉴。

　　中国香港是亚洲地区最早开设股指期货的市场之一，1986 年以来，恒生指数期货已经成为香港资本市场不可或缺的避险和投资工具。目前，香港市场形成了以恒生指数期货和期权为旗舰的衍生品系列。一般来说，按交易动机划分，期货市场交易者分为投机者、套期保值者和套利者三种。香港期货市场中投资者构成特点可以概括为：投机者占首位，套保者和套利者稳步增长。投机者在香港股指期货和期权交易中一直占据首要位置，2006/2007 年度（2006 年 7 月到 2007 年 6 月）已经从 2001/2002 年度的 68% 下降到了 49.4%。套期保值者成交量占总成交量的比例从 2001/2002 年的 23.4% 上升到 33.2%。套利交易成交量稳定增长，占总成交量的比例从 2001/2002 年的 8.7% 上升到 17.4%。目前，套期保值和套利已占市场总成交量的半壁江山。除了迷你型股指期货，其他品种中套利和套保交易占比也接近 50%，对于稳定期货市场具有重要作用。

　　芝加哥商业交易所（CME）是美国，也是全球股指期货交易量最大的交易所。2007 年，其股指货交易量达到了 6.33 亿张合约，股指期权交易量达到了 0.41 亿张合约，占全美股指期货市场的 81%，其投资者结构基本上能代表整个美国的情况。

　　2007 年，CME 机构法人的避险交易占整个股指期货交易量的 63.1%，非避险大额交易人占整个股指期货交易量的 7.5%，小额交易人占整个股指期货交易量的 20.6%，价差交易占整个股指期货交易量的 8.8%（见图 30）。

　　可见，美国股指期货是典型的以机构投资者为主的市场，这和美国以共同基金、养老基金等机构投资者为投资主体的资本市场是完全海外股指期货市场投资者结构是什么样的？

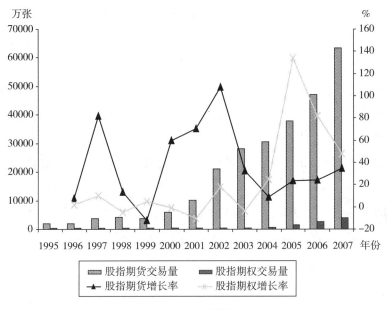

美国CME交易量

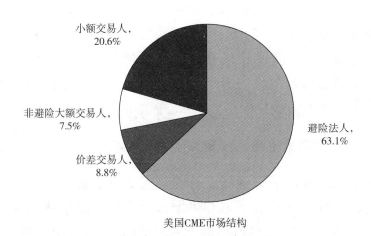

美国CME市场结构

资料来源：CME。

图30 美国 CME 股指期货市场投资者结构

吻合的。目前，机构投资者持有美国股票市值的80%左右，而机构投资者占美国股指期货市场的交易量也大致为80%，这也充分说明了股指期货已成为资本市场的重要组成部分，既是资本市场重要的避险工具和机制，也是资本市场的重要延伸和补充。

日本股指期货市场参与者也以机构居主导地位，合计占市场交易量的90%左右，国内个人投资者仅占9%。另外，日本市场的一个很大的特点是外资占的比重很高，达到了48%。

韩国股指期货市场参与者中，机构投资者的交易量占比达到了62.7%。其中，最大的三类投资者分别是：证券公司自营占比43.1%，本国自然人占比37.3%，外资机构法人占比16.1%（见图31）。

综合分析，境外股指期货市场结构具有如下的基本特点：

➤ 各国或地区的金融制度和金融安排决定股指期货市场的投资者结构

由于历史传统和经济发展水平的不同，各国或地区的金融制度和金融安排也存在很大的差异，包括直接融资和间接融资的比例，机构投资者的规模和结构，资本市场开放程度和货币的可兑换性等均不相同，导致股指期货市场的投资者结构也不尽相同，股指期货投资者结构并没有一个必然的构成比例。

➤ 大多数股指期货市场的投资主体是机构投资者

虽然各个国家或地区金融制度存在很大差异，股指期货市场规模和投资者结构差异也比较大，但总体上，大多数股指期货市场的投资主体是机构投资者。特别在当今欧美成熟的金融市场上，投资银行、私募基金、共同基金、保险机构、养老基金等众多实力雄厚的机构投资者扮演了主要角色，中小投资者则是通过基金或者专家理财等间接形式参与。股指期货作为股票投资的套期保值工具，真正对其有需求

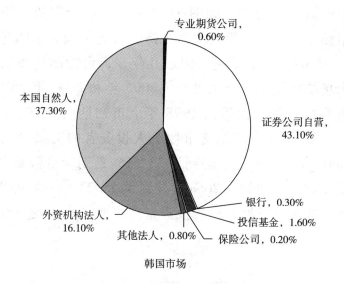

韩国市场

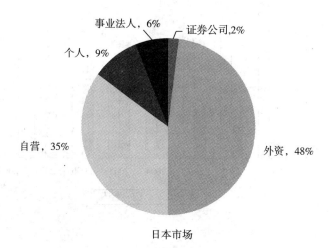

日本市场

资料来源：海通证券研究所。

图31　韩国和日本股指期货市场投资者结构

者，正是那些能够进行多种股票投资的机构投资者；而中小投资者的资金量很难达到分散投资与组合投资的规模，其参与股指期货的目的，也更多地是获取投机收益，其所占市场比例不大。

以中国台湾地区为例，如图 32 所示，在股指期货上市初期，与股票现货市场相一致，以投资者为主体的市场结构非常明显，个人投资者占市场 95.07% 的交易量，但近几年来，台湾期货市场以投资者为主体的市场结构发生了重大变化。2005 年和 2006 年，台湾期货市场个人投资者的交易量比重由 1998 年上市初期的 95.07% 下降到了 49% 和 39%，2007 年台湾期货市场个人投资者的交易量比重下降到了 37%，2008 年 5 月更是下降到了 33.61%；期货自营账户在期货市场的交易量比重由最初的 0.26% 上升到了 55.23%。这说明台湾股指期货市场经过几年的发展，机构投资者逐步取代个人投资者，成为市场的主体。

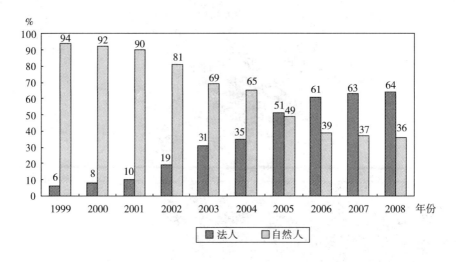

资料来源：台湾期货交易所。

图32　外资法人参与率逐步提升（1999—2008）

> **机构投资者青睐合约规模较大的品种，投资者则多参与小合约品种**

由于机构投资者参与股指期货的目的在于对冲风险，合约规模较大的股指期货有利于降低成本，所以机构投资者更青睐合约规模较大的品种；个人投资者参与股指期货的目的则更多地在于获取风险收益，合约规模较小的股指期货有利于降低成本，所以个人投资者更喜欢参与合约规模较小的品种。这一点在香港市场表现得很明显。

当然，无论是机构投资者还是个人投资者，参与股指期货交易的一个重要考虑是流动性问题。所以，只有在流动性充足的情况下，机构投资者才可能选择合约规模较大的品种，个人投资者才可能选择合约规模较小的品种。

> **各国或地区股指期货市场和股票现货市场的投资者结构具有趋同性**

股指期货是股票市场的重要延伸和补充，各国或地区股指期货市场投资者结构和股票现货市场基本相同。比较典型的是 CME 这种以机构投资者为主的市场结构，它和美国以共同基金、养老基金等机构投资者为投资主体的股票市场是完全吻合的；另外，中国香港、韩国股票市场开放程度比较高，其股指期货市场的海外投资者比例也比较高，且来源地也趋同。

> **成熟市场对冲性交易比例高，新兴市场早期则以投机性交易为主**

由于股指期货上市初期市场规模比较小，且新兴市场机构投资者一般还不占绝对优势，所以，成熟的股指期货市场一般以机构投资者的对冲性交易为主，而新兴市场早期往往个人投资者占的比例较高，交易则以投机性交易为主。

中小投资者是否一定要参加
股指期货交易？

在我国的股票市场中，中小投资者占据了相当大的比重，沪深300股指期货上市后，中小投资者是否也一定要参加这一新市场的交易呢？从股指期货自身定位、门槛以及中小投资者的交易目的看，中小投资者应该关注股指期货市场的行情，但不一定要参加股指期货交易，特别是在上市初期。

首先，股指期货作为资本市场重大制度创新和风险管理的重要工具，其初衷主要在于为机构投资者提供风险对冲的手段，所以股指期货市场本身就不应该成为中小投资者的天下；其次，股指期货的入市门槛较高，不适合中小投资者参与；再次，股指期货对投资者的专业技术、风险承受能力以及风险管理水平都有比股票投资更高更严格的要求，不适合中小投资者参与；最后，从国际市场经验看，机构投资者也是股指期货市场的主力。

➤ 资金规模决定了并非所有中小投资者都适合参与股指期货市场

资金规模是参与股指期货的先决条件，由此决定了并非所有中小投资者都适合或者应该进入股指期货市场。

从2008年8月底的数据看，沪深300指数为3000点左右，而正式出台的股指期货合约规定，其合约乘数为300元，保证金比例为10%以上。一张沪深300股指期货合约的价值近90万元，比之前最贵的期货合约——铜期货贵了3倍左右。那么，买卖一张沪深300股指期货合约，最少也要9万元的交易保证金，再考虑到应对股指期货价格波动需要追加的保证金，按照商品期货资金管理的经验数值计算，一张合约至少需要30万元的资金才能有效避免爆仓的风险。如此高的门槛，已经自发地帮很多中小投资者作出了选择。

➤ 海外股指期货市场参与者以机构投资者为主，中小投资者为辅

从股指期货的基本功能角度分析，至少有两个方面决定了股指期

货市场的主体必然是机构投资者而不是中小投资者。

首先，机构投资者更容易利用股指期货规避风险。冲击成本的存在和股票抛售的流动性问题，使机构投资者在股票价格发生波动的时候，面临的不确定性问题更突出，对运用股指期货进行保险的需求比中小投资者更强。资金实力雄厚、偏重于多元化投资的机构投资者，所持股票数目众多，套期保值也更便利，效果更理想。而所持股票量小、种类少的中小投资者则很难采取与机构类似的操作策略，无法直接利用股指期货为自己的投资组合保险。

其次，股指期货套期保值功能有效实现的一个重要前提是期、现两个市场价格的趋同性。股指期货价格之所以和股票指数变动差距不会过度偏离，一个很重要的原因在于套利行为的存在。期、现两市价格出现过度偏离，或者某一市场价格出现高估或低估时，套利交易的出现，无疑是拉近了两个市场价格的差距，确保了其价格走势的一致性，保证了股指期货套期保值功能的发挥。套利要以定价模型的建立和估算为科学依据，以计算机模拟和运算为技术支持，这一专业性强的操作方式也是中小投资者难以完成的。

即便如此，机构投资者并不会是股指期货市场的全部。股指期货市场是一个公开交易的市场，股指期货作为一种面向所有投资者的投资工具，具有满足投资者不同需求的包容性，并不会刻意把谁阻挡在外。就中小投资者而言，如果对股指期货具有迫切的需求和强烈的兴趣，且具备股指期货交易的客观条件，也可以成为股指期货市场的参与者。是否入市，必须根据自己的现实条件和风险偏好自主地决定。

从国际市场经验看，机构投资者也是股指期货市场的主力。美国股指期货是典型的以机构投资者为主的市场，日本股指期货市场参与者也以机构居主导地位，日本的监管政策对中小投资者进入股指期货市场有非常严格的控制，机构投资者合计占市场交易量的90%左右，国内个人投资者仅占9%。韩国股指期货市场参与者中也大致如此。

➤ 只有少数符合条件的中小投资者适合参与沪深 300 股指期货交易

股指期货市场是一个高门槛、高风险和高收益并存的市场，并不是每个中小投资者都能入市。那么，究竟什么样的中小投资者具备从事股指期货交易的客观条件呢？

如前所述，资金规模是首要条件。在市场目前的情况下，30 万元对于交易一张沪深 300 股指期货来说是一个比较安全的资金量。具有资金实力的投资者，都可以直接到属于中国金融期货交易所会员的期货公司开户交易。除此之外，参与股指期货交易还要有足够的时间和精力。股指期货采用当日无负债的结算制度、盘中多次结算的方式和 T＋0 的交易机制，对资金管理的要求非常高，投资者必须能够做到时刻盯盘、及时平仓，科学合理管理资金使用状况。

最重要的是，投资者必须具有较高的风险管理水平和风险承受能力，不具备这一条件的中小投资者不应轻易入市。股指期货是一种高风险的投资工具，有着不同于股票交易的特殊交易机制，杠杆性交易在放大收益的同时，也同比例放大了风险，对投资者的专业技术和风险承受能力以及风险管理水平都有比股票投资更高、更严格的要求。由此，没有做好足够准备的投资者一旦涉入这个市场就会发现举步维艰，即使做足各种准备的投资者，也需要在入市前慎重思考自身的风险承受能力。具有充分知识准备的投资者才是一个受保护的投资者，也才是一个能够自我保护的投资者。中小投资者入市前需要具有这种自我保护的意识。缺乏风险管理水平和风险承受能力的中小投资者，远离高风险市场才是对自己最大的保护。

中小投资者不参与股指期货
是否就意味着受到不公平
待遇？

股指期货市场应当是一个以机构投资者为主体的市场，由此，有观点认为，中小投资者不参与股指期货交易就是受到了不公平待遇。这样的观点对吗？

这种观点的错误在于，它把参与股指期货等同于获取福利，等同于公平，不参与就是利益受损，就是受到不公平待遇。事实上，从股指期货自身特性和海外市场经验看，股指期货本身就是一个以服务于机构投资者为主的市场，对专业性的要求很高，硬要让不适宜的中小投资者参与，对他们来说并非是个好事。此外，中小投资者即便不参与股指期货，也并不意味着利益受到了侵害，相反，他们一样能从股指期货交易中获益。

➤ 股指期货并非中小投资者首选的理财工具

前文已经分析，从股指期货本身的特性及海外市场投资者结构来看，股指期货并非中小投资者首选的理财工具，股指期货更多的是机构投资者用来管理风险的工具。从国际市场整体情况来看，股指期货市场经过一段时间的交易后，大多形成了以机构投资者为主要参与者和服务对象，个人投资者尤其是中小投资者一般很少直接参与。如在美国、中国香港和韩国的机构投资者比例一般在60%～70%。因此客观来说，中小投资者退出股指期货市场是必然的。

如果非要认为参与才是对中小投资者好，硬要让大量缺乏经验和专业知识的中小投资者都参与股指期货交易，无异于让他们做自己并不擅长的事情，难道这就是对中小投资者的保护吗？

➤ 有风险承受能力的中小投资者可以入市

当然，股指期货是一个开放的市场，对投资者没有特定的规定，也并不是只允许机构投资者入市，还需要其他投资者参与，市场参与者的多元化才能丰富交易策略，延伸市场功能，增强流动性。中小投资者如果对股指期货具有非常强的兴趣，只要具有参与股指期货交易的客观条件（例如资金、操作经验等），具有必备的知识技能，并具有较高的风险管理能力和风险承受能力，具有风险自担、买者自负的理念，也可以进行股指期货交易。而没有做好这些准备的中小投资者应当谨慎，不要轻易入市。

➤ 不参与股指期货不妨碍中小投资者享受股指期货的好处

股指期货的推出，对我国资本市场也将产生积极的深远影响，从长远看，这种影响必然是积极的和正面的，对系统性风险的有效规避、对价格发现机制的完善，对单边市问题的有效解决，都将增加市场的弹性和提高股票现货市场的价格发现效率。即使绝大部分中小投资者并未直接参与股指期货交易，由于股指期货推出后股票现货市场将会变得更加成熟，从而对他们也将有所裨益。

第一，目前推出股指期货有利于市场稳定。推出股指期货，有利于推动蓝筹股行情、提振市场信心。目前市场已经过深幅调整，推出股指期货，由于对资本市场制度建设具有积极意义，有利于带来蓝筹股行情，恢复市场信心。

当前，股市出现大幅振荡，其中蓝筹股下挫更为剧烈。推出股指期货，可以体现蓝筹股作为市场重要资源的价值，提高投资者对长期握有蓝筹股的信心，有利于扭转当前蓝筹股的弱势表现，推动蓝筹股走出一轮上升行情。蓝筹股走势的健康平稳，是股票市场平稳运行的根本保障。推出股指期货，将促进这种稳定效应的持续发酵，对股票市场长期健康稳定发展产生积极作用。

第二，有助于中国资本市场发展成熟，是长期利好。股指期货的主要功能包括规避风险、价格发现等，均有助于资本市场的稳定，有助于从制度上防范股市的暴涨暴跌。推出股指期货，有利于机构投资者长期握住股票，发挥稳定市场的作用。目前由于缺乏避险工具，机构投资者只能与投资者一样在现货市场追涨杀跌，面对赎回压力时只能被动减仓应对市场调整，导致股价进一步下跌，形成恶性循环。推出股指期货，可以给机构投资者提供避险工具，通过期货市场对冲风险，避免在股票市场频繁买卖，避免基金净值大幅波动，稳定基金持有者的信心，减轻赎回压力，有利于机构投资者长期握住股票，真正发挥稳定市场的作用。

同时，股指期货推出后，资本市场将进入机构博弈时代，价值投资才能真正实现。前几年，很多投资者关注的是一只股票有没有"庄"，而不是宏观经济的周期走势，股指期货一旦推出后，投资者可以根据对于宏观经济大势的判断，作出买进或者卖出的决策，这样的话，投资者可以进行更多的理性投资。

第三，可以关注和利用股指期货发现价格的功能。股指期货的推出，将会发挥它系统性定价的功能和发现价格的功能。尤其是发现价格的功能，会表现得比较突出。一方面，通过股指期货市场，未来几个月的股市价格都会有明确的体现。另一方面，股指期货比股票市场早开盘晚收盘，在股票市场还未开市或者已经闭市的时候，仍然可以从每日股指期货的交易行情中获取股票交易的信息。即使你不做股指期货，只要你做股票，就不能不关注股指期货的行情。

第四，满足不同风险偏好投资者的不同需求。

首先，为风险厌恶者提供投资股市的机会。许多经历过多年熊市的投资者对目前不断下跌的股票市场信心不足，一些以股指期货作为对冲工具的理财产品正好为该类投资者提供低风险的股票市场的投资工具。他们可以通过套利交易或者是套期保值在股票市场获取低风险的投资收益，在没有股指期货以前，他们只能在债券市场找到如此低风险的投资品种。

其次，股指期货可以给投资者提供指数化投资工具，使其享受到指数化产品的收益。

目前，部分机构已经推出了指数化投资工具，投资者可以直接购买一些指数化产品，比如指数基金，享受发行机构在股指期货上交易的收益。一般而言，基金公司等机构投资者是股指期货市场重要的交易者，它们一方面发行各种理财产品，另一方面则采取专业化的投资策略，不断调整股票和股指期货等产品的资产组合，获取不超额收益。即便在熊市，好的专业理财基金依然能够获得较可观的收益，并把这些收益分配给广大基民。中小投资者虽然没有直接参与股指期货交易，但由于购买了理财产品，能够以更安全、更便捷的方式，间接享受到投资收益，甚至比市场出现普遍下跌时自己投资股市获得的收益更多。

可以说，股指期货推出后，专业理财将会获得更多的发展空间，机构投资者的比重会越来越大，指数化投资将成为中小投资者新的投资机会。这是股票市场发展的必然趋势。

最后，股指期货的抗操纵性与高流动性为中小投资者提供了公允的市场。理论上，股指期货由于市场规模较大很难被操纵，其形成的价格较为合理，部分想来股指期货市场做投机交易的风险偏好者在股指期货里面同样可以找到适合自己的投资机会。对中小投资者来说，促使他们投机某种交易的选择标准并不是风险的高低，而是市场制度是否完善、市场是否透明、市场规模是否足够。只有在一个相对难以操纵的市场中，中小投资者的投机交易才更受保护。

海外上市股指期货对本土
市场有何影响？

在股指期货发展史上，有两个非常经典的海外上市案例，一个是1986年9月，当时的新加坡国际金融交易所（SIMEX）推出了世界上首个日本股市指数期货，日经225指数期货，成为第一个以非本国股票价格指数为标的的股指期货；另一个是1997年1月9日，新加坡交易所又推出摩根台湾指数期货。一方面，这两个股指期货都在新加坡市场获得了成功，并对本土市场造成了不利影响，另一方面，日本和台湾市场为了应对这种不利影响，也在随后的2~3年内迅速推出了自己的股指期货。从这两个经典案例可以看出，海外上市对本土市场的确有着不利的冲击，需要高度重视，深入研究，采取有效的应对措施。

➤ 海外上市股指期货会影响本土股票市场定价权

股指期货是股票现货市场的延伸和补充，理应和股票现货市场构成一个完整的有机体。本土尚未推出股指期货，海外却上市了以本土上市公司为标的的股指期货，必然会对本土股票市场定价权产生重大影响。特别是海外市场很少考虑股指期货市场的综合功能和作用，往往把吸引客户放在首位，这样可能会出台一些优惠政策，比如放松监管、降低手续费、延长交易时间等，使股指期货市场迅速发展，甚至达到喧宾夺主的地步，严重影响本土股票市场定价权。当年新加坡交易所抢先上市日本日经225指数和摩根台指期货成功，使日本和台湾股票市场价格在一个很长的时间内受到了新加坡交易所股指期货市场的影响。

➤ 海外上市股指期货会分流进入本土市场的资金

股指期货是股票市场最基础也是最重要的风险管理工具，进入本土市场的外国投资者必然需要股指期货等工具来管理投资风险，在本土市场缺乏相应产品的情况下，海外上市的期指产品正好提供了这样的工具，这样海外上市股指期货就可能分流进入本土股票市场的资金。

另外，在海外上市的股指期货产品，可能会让在本土市场有股票头寸的投资者把部分资金放在海外市场，用以对冲投资风险，这可能引发部分资金的外流。在没有卖空的市场环境下，尤其是在本土股票市场大幅调整时，如果本土市场缺乏风险对冲工具，投资者一定会想方设法参与海外股指期货市场交易，规避股票现货市场风险，这样的外流难以避免。

➤ 把本土市场投资者置于不对称和不公平的市场环境中

由于本土资本市场还没有完全放开，本土投资者还不能在海外市场自由投资，海外上市股指期货会把本土市场投资者置于不对称和不公平的市场环境中，本土市场上的投资者和外资所获得的信息和能采取的策略就处于不对称地位。外资可以利用海外上市的股指期货来对冲系统性风险，调整投资策略，减少损失，而本土投资者在熊市中除了降低仓位之外没有任何其他可行的投资策略。

所以，海外上市股指期货，导致本土股票市场中部分参与者（特别是外资）可以利用风险对冲工具，实现更多投资策略，分散风险，而其他参与者却不可以；部分可以参与海外股指期货产品的投资者甚至有可能利用这一优势来影响本土市场，获取高额收益。新加坡推出日经指数期货时日本国内就面临过这样的窘境。

➤ 影响本土股指期货市场发展，降低本土市场竞争力

由于投资者一般都有先入为主的观念，加上交易成本等原因，海外上市股指期货一旦成功，会大大影响本土股指期货市场发展。特别是一些海外市场，为活跃市场而放松监管、降低交易手续费、延长交易时间等，让本土市场始终处于被动和疲于应付的境地。日本和中国台湾分别在新加坡交易所上市日经225股指期货和摩根台指期货后2年左右的时间才上市本土股指期货，结果长期受制于海外股指期货，本

土股指期货市场经历了较为曲折的历程，花费了更多的时间和成本才追赶上来。至今，新加坡日经 225 股指期货的交易量也比日本本土的交易量大，并对日本股票市场运行存在一定的影响。

另外，提升自身交易所的国际市场竞争力是海外交易所推出离岸型股指期货的普遍主观愿望。现在国际期货市场上新品种开发的竞争非常激烈，大家为抢占市场的制高点，都纷纷推出其他国家和地区的离岸型期指产品，以期提高自己国家在国际资本市场中的地位，使自己在国际价格的形成机制中有更大的发言权，在国际竞争中处于有利地位。这样，必然导致本土股票和股指期货市场定价权旁落，市场竞争力的下降，甚至会影响本土市场金融安全。

应对海外股指期货的不利影响和威胁，最好的办法就是推出在本土市场法律法规监管下的股指期货，让本土市场投资者重新面对一个对称、公平的市场环境，边缘化海外上市期指的作用和影响，保护本土市场投资者的利益，同时也保证本土市场金融安全。

海外上市了哪些中国或者
中国概念股指期货产品？

海外市场一般不会无缘无故上市本土股指期货。20 世纪 80 年代，正是由于日本经济和日本股票市场的快速发展引起了全球关注，而日本国内一直未推出股指期货，给新加坡交易所造成机会，并大获成功。中国经济连续多年高成长，中国股票市场也早已引起全球关注。所以，海外上市具有中国概念的股指期货较为普遍。

➤ 海外中国概念股指期货发展历程

最早的中国概念股指期货可以追溯到 1997 年 9 月香港交易所推出的红筹股指数期货。红筹股指数是由香港恒生指数服务有限公司编制和发布，于 1997 年 6 月正式推出，成分股包括 32 只香港上市的内地红筹股。红筹股指数期货推出不久，金融风暴席卷亚洲各金融市场，红筹股持续低迷，红筹期指成交也逐步萎缩，香港交易所遂于 2001 年 8 月 31 日取消了该产品。

2001 年 5 月 7 日，MSCI 摩根士丹利中国外资自由投资指数（简称 MSCI 中国指数）期货在香港交易所正式上市交易。该产品标的指数的成分股包含了 30 只股票，分属香港 H 股、红筹股，上海 B 股，深圳 B 股和 N 股。当时 MSCI 中国指数被较广泛地认为能够很好地跟踪中国概念股的市场表现，受到许多涉足亚洲股市的基金经理的密切关注。但 MSCI 中国指数期货交投却日趋清淡，并没有起到预期效果，因此，香港交易所于 2004 年 3 月 29 日停止了该股指期货的交易。

2003 年 12 月 8 日，香港交易所又推出了 H 股指数期货。H 股指数期货的交易标的是恒生中国企业指数，该指数包括 32 只在香港上市的内地公司股票。H 股指数期货推出后的半年内，其月度平均成交量就开始逐渐超过了 2000 年推出的恒指 MINI 指数期货，H 股指数期货推出后就受到投资者的热情追捧，是香港交易所推出的一个最成功的中国内地概念指数期货产品。

随着中国经济进一步发展，全球投资者都开始关注中国经济和金融市场，参与中国金融市场的意愿高涨，在这一氛围下，海外很多国际交易所为抢占市场制高点，也纷纷推出中国概念股指期货。2004 年 10 月 18 日，CBOE 推出了中国指数期货，其标的指数——中国指数包含在纽约证券交易所、纳斯达克和美国证券交易所上市的 20 只中国内地股票；2005 年 5 月 23 日，香港交易所推出新华富时中国 25 指数期货，其标的指数成分股为 25 只主要的 H 股和红筹股；2006 年 9 月 4 日，新加坡交易所推出新华富时 A50 指数期货，其标的指数成分股为中国内地上市的 50 只 A 股，是目前为止唯一以内地 A 股指数为标的的股指期货；2007 年 5 月 20 日，CBOE 又上市了 E－MINI 新华富时中国 25 指数期货，标的指数和香港交易所的新华富时中国 25 指数期货相同。

➤ 海外现有中国概念期指产品

海外中国概念期指产品发展过程中，有些产品由于合约设计、交易制度等种种原因，成交并不活跃，交易所也审时度势，终止了这些不活跃产品的交易。到目前为止，海外还在交易的中国概念股指期货主要产品如表 19 所示。

表 19　海外主要中国概念股指期货

合约名称	标的指数	成分股数	上市时间	上市地点
H 股指数期货	恒生中国企业指数	32	2003 年 12 月 8 日	香港交易所
CBOE 中国指数期货	CBOE 中国指数	20	2004 年 10 月 18 日	CBOE
新华富时中国 25 指数期货	新华富时中国 25 指数	25	2005 年 5 月 23 日	香港交易所
新华富时 A50 指数期货	新华富时 A50 指数	50	2006 年 9 月 4 日	新加坡交易所
E－MINI 新华富时中国 25 指数期货	新华富时中国 25 指数	25	2007 年 5 月 20 日	CME

资料来源：兴业证券研究所。

新兴市场为什么都把股指
期货当做发展衍生品市场
的突破口？

我们看到，在印度及我国的香港、台湾等新兴市场，均是在没有商品期货的条件下，把股指期货当做发展衍生品市场的突破口，并获得了巨大成功。为什么会出现这种情况？可以说，股指期货在全球市场迅速发展的示范效应以及新兴市场在发展股指期货市场上的独特优势，是新兴市场把股指期货作为发展金融衍生品首选的主要原因。

➤ 股指期货诞生后的巨大成功和迅猛发展对新兴市场带来示范效应

一方面，从需求的角度看，进入20世纪90年代后，发展中国家的股票市场得到较大发展，而其股价受国内外影响而波动频繁，特别是随着股票市场全球化和国际化进程的加快，越来越多的人开始重视风险控制和风险规避这一问题。股指期货恰恰是理想的风险管理工具，可有效对冲股票市场系统性风险，并带来资本市场的制度性变革，大大提升证券公司的市场竞争力，为整个基金业提供了发展新契机，大大推动机构投资者尤其是证券投资基金和期货投资基金的发展壮大。

另一方面，从供给的角度看，股指期货诞生后的巨大成功和迅猛发展，对新兴市场带来示范效应。股指期货、期权几乎占据了全球期货期权的半壁江山，股指期货及期权进入了快速发展时期。

正是由于需求和供给两方面的原因，股指期货因此成为新兴市场开设金融衍生品交易的突破口。随着投资者的关注度日益增加以及他们对于期货市场和股指期货的日益了解，新兴市场在股指期货上市后迅速获得了成功。例如韩国的股指期货市场，一经推出就被市场高度认可，其在股指期货基础上开发的股指期权产品，成为全球单个合约交易量最大的衍生产品。韩国的股指期货和期权合约的推出会如此成功，就是因为该国公众在金融衍生产品上接受教育的程度已非常高，可以说韩国的金融衍生品教育水准在亚太地区是很先进的，这也就是其期货市场良好发展最关键的因素之一。

➤ 从基础资产的角度看，新兴市场发展股指期货最具优势

任何一个衍生品市场要想获得长远发展，必须拥有一个具有一定深度和广度的基础市场，这样才能确保衍生品市场的流动性，确保衍生品市场的合理定价，确保衍生品市场不发生逼仓行为。可见，一个发达而颇具规模的基础市场，是衍生品市场成功的关键。

就新兴市场而言，各种要素市场并不发达，或者不具有一定的规模，给发展衍生品带来很大困难。比如，大多数新兴市场的外汇是管制的，或者实行固定汇率制，这样就无法发展外汇期货。而且这些市场往往商品市场和国债市场要么不发达，要么规模过小，也不适合发展国债期货和商品期货。

从基础资产的角度看，新兴市场发展股指期货最具优势。这些市场往往有一个相对比较发达的股票市场，而且股票市场规模较大，参与人数众多，投资者对规避股价波动的风险有很大的市场需求，这为股指期货的发展提供了巨大的空间。

所以我们看到，印度及我国的香港、台湾等新兴市场，均是在没有商品期货的条件下，把股指期货当做发展衍生品市场的突破口，并获得了巨大成功。

➤ 便捷的电子化交易和后发优势使新兴市场发展股指期货成为可能

技术条件也是新兴市场把股指期货作为开设金融衍生品交易突破口的重要原因。和老牌期货市场不同，新兴市场在建立之初并不是采取口头喊价的原始方式，而是充分发挥了后发优势，采用国际市场中已经通用的电子化交易系统。电子化交易系统相对于传统的公开竞价方式而言，提高了交易速度，降低了市场参与者的交易成本，突破了时空的限制，增加了交易品种，扩大了市场覆盖面，延长了交易时间且更具连续性，使得交易更加公平，无论市场参与者是否居住在同一

城市，只要通过许可都可以参与同一市场的交易，更具市场透明度和较低的交易差错率。电子化交易系统使投资者选择交易地点的机会大大拓宽，提供了很多的方便，吸引了更多投资者进入，带来了新兴市场的蓬勃发展。

股指期货是如何从"87股灾"
中完善机制，走向成熟的？

1987 年，一场突如其来的巨大股灾席卷全球。当时距股指期货诞生仅 5 年半时间，一些新兴市场比如中国香港、新加坡等推出股指期货刚 1 年多时间，经验还不够充足，风险管理制度还不够完善，运作机制尚不成熟，其避险功能还不能很好发挥作用。这样，作为股票市场的衍生市场，年轻的股指期货市场在这场股灾中受到了巨大的冲击，经历了严峻的考验。

"87 股灾"是股指期货发展史上的重要分水岭，一方面，它的避险功能在"87 股灾"后曾经遭遇到了质疑，其发展经历过低谷；另一方面，"87 股灾"也是股指期货交易机制获得完善的重要契机，美国等发达市场在"87 股灾"后积极总结经验教训，完善运行机制，使股指期货市场迅速走向成熟。

➤ 美国股市遭遇"黑色星期一"

1987 年 10 月 19 日，美国华尔街爆发了历史上最大的一次股市崩盘，即"87 股灾"。

当天一开盘，道琼斯指数便在排山倒海般的沽压之下直线下挫，不到 1 小时，指数下跌超过 100 点，跌幅接近 5%。此后跌势愈演愈烈，至收盘，道琼斯指数从 2246.74 点的高位暴跌至 1738.74 点，下跌 508 点，跌幅高达 22.6%，一日之间，市值蒸发超过 5000 亿美元。期货市场则更为惨烈。芝加哥商业交易所（CME）的标准普尔 500 指数期货的 12 月份合约全天暴跌 80.75 点，跌幅高达 28.6%，其他月份合约也纷纷暴跌。这一天，成为证券史上最令人刻骨铭心的"黑色星期一"。

美国此次股市崩溃震动了整个金融世界，在全球多个股票市场引发了巨大的连锁反应。日本市场下跌 2.4%，澳大利亚市场下跌 3.7%，伦敦市场下跌 10.1%，我国香港市场遭受的影响则更为巨大。10 月 19 日，香港股票市场开市即受到美国股市暴跌的巨大冲击，恒生指数当

天下跌 420.81 点，跌幅高达 11.1%；10 月份恒指期货合约下跌 361
点，其他月份的合约也应声下跌。次日，香港联交所董事局宣布停市 4
天（自 10 月 20 日至 10 月 23 日）。尽管如此，10 月 26 日重开市后，
股市和期市仍然出现猛烈抛盘，恒生指数大跌 1120.70 点，跌幅达
33%；10 月份恒指期货合约也大跌 1554 点，跌幅达 44%，创历史跌幅
最大纪录，并与恒生指数形成 266 点的贴水。

➤ 股市价值回归是股灾发生的主因

"87 股灾"发生后，人们对股灾的成因进行了详细分析，特别是对
股指期货市场与股票现货市场之间的关系进行了深入的研究。一些观
点认为，"87 股灾"主要是由于投资者利用股指期货进行套利和组合保
险，在期货市场和现货市场相继推动之下造成的，即所谓的"瀑布理
论"。不过，一些著名学者的研究表明，尽管投资者的抛售行为同时袭
击了现货市场和期货市场，但股灾并不是由股指期货引起的。

随着历史的推移，人们逐渐开始认识到，股指期货并非"87 股灾"
的罪魁祸首。

第一，股市下跌是市场自我调节的表现。股票市场是一国国民经
济的"晴雨表"，股市变化一定程度上反映市场对经济未来发展状况的
预期。美国股市经历五年飙升之后，标准普尔 500 指数从 100 点附近，
上涨到了 370 点附近，涨幅过大。一旦经济发展中的问题逐渐暴露，市
场被严重高估，以及发展前景中的不确定性导致广大投资者的信心降
低，必然造成股市的暴跌。

第二，股指期货诞生时间短，规模小，机制不完善，尚不能很好
发挥避险功能。股灾当天套期保值和套利引发的交易量并不大，不足
以把价格大幅拉低。根据美国证券交易委员会的报告，10 月 19 日套期
保值盘和指数套利盘的相关抛售约占整个纽约证券交易所 14.7% 的成
交量，占标准普尔 500 指数 21.1% 的成交量，这样的成交量不足以把

股指大幅拉低。

第三，股指期货交易成本低，并且由于杠杆作用，股指期货对重大事件上反应迅速，发现价格较快，因此造成了股指期货价格拉低现货价格的假象。

第四，当时美国股票市场由于技术问题出现了堵单，大量报单不能处理，行情延后，而期货市场并未发生堵单现象，这也使得股指期货的行情远远领先于现货市场，感觉是期货拉着现货在走。

1988年5月19日，美联储主席格林斯潘（Alan Greenspan）在美国众议院对1987年的股灾作证，面对电讯与金融委员会主席 Edward J. Markey，他谈到了对于股指期货等衍生市场的看法：

"许多股票衍生产品的批评者所没有认识到的是，衍生市场发展到如此之大，并不是因为其特殊的推销手段，而是因为给衍生产品的使用者提供了经济价值。这些工具使得养老基金和其他机构投资者可以进行套期保值，并迅速低成本的调节头寸，因此在资产组合管理中衍生工具起了重要的作用。"

他还谈到为什么期货可以告诉大众真相："值得注意的是我们经常会看到期货市场反映新信息的速度比现货市场要快。一些人由此认为期货价格的变动必然导致了现货价格的变动。然而，在期货市场调节组合头寸的成本要显著地低（于现货市场），并且可以迅速地建立新的头寸。因此，资产组合经理可能自然倾向于在收到新信息的时候首先在期货市场交易，导致了期货市场的价格首先发生变动。套利活动则确保了现货市场的价格不会太落后于期货市场的价格。"

格林斯潘的讲话基本上结束了人们对股指期货的争论，也让劫难后的股指期货度过了生死考验，迎来了新的发展。

> **➤ 熔断器的引进及风险控制的强化**

尽管股指期货是无辜的，问题的根子出在股票市场本身，但这样的情况毕竟提醒了人们，必须对股指期货交易与股市交易的联动效应予以足够的重视，尤其是在出现非常情况时，更应有具体的应急措施。为防范股票市场价格的大幅下跌，各证券交易所和期货交易所均采取了多项限制措施。如纽约证券交易所规定，道琼斯30种工业指数涨跌50点以上时，即限制程式交易（Program Trading）的正式进行。期货交易所则制订出股指期货合约的涨跌停板限制，借以冷却市场发生异常时的恐慌或过热情绪。

1988年10月19日，也就是1987年股灾一周年之际，纽约股票交易所引入了称为"熔断器"的价格限制措施，规定在道琼斯工业平均指数下跌250点之后，停止交易一小时，在下跌400点之后停止交易两小时。1997年2月3日到1998年4月修改为：道琼斯工业平均指数下跌350点停止交易30分钟和下跌550点停止交易一小时。如果触发"熔断器"在当日交易的最后30分钟和60分钟之内，那么，停市到第二天才恢复正常交易。这个机制引入之后，1997年10月27日，道琼斯工业平均指数在下午2点35分下跌了350点，3点30分下跌了550点，相当于7%，此后停市。这是第一次，也是唯一的一次触发"熔断器"。"熔断器"机制的引入避免了股灾的再次发生。

经过多次修改后，1998年4月之后，将原来的"固定点数触发机制"修改成"按百分比计算"的触发机制。在交易所规则"80B"条款中规定：如果中部时间下午1点以前道琼斯工业平均指数下跌10%，那么NYSE将宣布停止交易1小时；如果在下午1点到1点半之间道琼斯工业平均指数下跌10%，NYSE将宣布停止交易半小时，1点半之后10%限制无效；如果中部时间12点之前道琼斯工业平均指数下跌20%，NYSE将宣布停止交易2小时；如果在下午1点之后道琼斯工业平均指数下跌20%，NYSE将宣布停止交易，当日不再开市；如果道琼斯指数下跌30%，NYSE将宣布停止交易，当日不再交易。同时规则"80B"对指数套利进行了限制。为了适应现货市场的要求，CME也引入了类似的"熔断器"价格限制和停市措施。除了"熔断器"外，交易所还对股指期货交易规则作了不少改进，包括涨跌停板制度，熔而不断的交易方式等。

在实施价格稳定措施方面，国外股指期货市场存在一定的差异，主要表现为：一是涨跌停板的比例限制。有的市场涨跌停板采取单一比例限制，如韩国 KOSPI200 股指期货的涨跌停板为前日收盘价的10%，OSE 的日经 225 股指期货的涨跌停板为 5%。有的市场采取多阶段比例限制，如标准普尔 500 股指期货和新加坡交易所的日经 225 股指期货均采用了三阶段涨跌停板限制。这种限制比较有弹性，不但可以发挥涨跌停板的正面功能，也可以减少扭曲期货市场价格的负面影响。二是涨跌停板比例不是固定不变的。如韩国 KOSPI200 股指期货的涨跌停板是随着市场的成熟逐渐提高的。

这些措施在 1989 年 10 月纽约证券交易所的价格"小幅崩盘"时发挥了异常重要的作用，股指期货市场也逐步成为和股票现货市场并驾齐驱的金融市场，而 20 世纪 90 年代美国股票市场出现的大牛市和随后几年出现的市场剧烈波动，又进一步奠定了股指期货繁荣的基础。

对香港来说，1987 年股灾暴露出香港金融市场的很多问题，连续停市 4 天更造成了不可挽回的损失，严重损害了香港作为国际金融中心的声誉。1988 年，股市成交量几乎减半，而恒指期货的交易量不到 1987 年的 4%。直到 1994 年，恒指期货的交易量才恢复到 1987 年股灾前的水平。

然而，从积极意义看，这次股灾导致的严重冲击对香港建立健全市场却是大有好处的。正是在这段低迷期，港府对股市、期市进行了大规模的适应性改造。

一是完善监管体制，成立新的监管机构。1989 年 5 月 1 日，新的证券及期货事务监察委员会正式成立。

二是对交易所和结算所进行改组，理顺关系，决策层与执行层分立，完善组织结构。

　　三是加强了交易所自我风险管理。例如，引入涨跌停板制度；实施三层次结算，分别形成担保，分散风险，结算期延长到 3 天（T＋3）；采用市场持仓限额；动态调整保证金比例；加强对会员的管理，分离客户账户与经纪账户；加强投资者风险教育等方面。

　　这次整顿取得了较满意的效果。交易者信心逐步得到恢复，恒指期货的交易量出现恢复性增长，成为亚太地区交投最活跃的衍生产品之一。而且在之后巴林银行事件、东南亚金融风暴中，恒指期货虽然也出现了大幅度的涨跌，但总体上还是经受住了考验，没有在期货方面发生过重大的事故。

　　总而言之，"87 股灾"的发生不仅有经济方面的深层次原因，也有交易制度方面的因素。股灾之后，股指期货市场通过改进，引入新制度，完善了自身的交易机制，为股指期货更好地发挥其功能起了重要作用，促进了股指期货市场的健康发展。

巴林银行事件对股指期货
市场完善有什么作用?

巴林银行事件曾轰动一时，一家百年老店被毁于一旦。和 "87 股灾" 不同，巴林银行事件发生后，主流观点早已充分认识到事件的根源在于内控不严，和股指期货本身并无直接关系。然而，从另一个角度看，巴林银行事件发生后，股指期货跨境、跨市场监管行动开始全面启动，这对于股指期货自身的发展也起到了非常积极的作用。

➢ 巴林银行事件的发生

1995 年 2 月，具有 230 多年历史、在世界 1000 家大银行中按核心资本排名第 489 位的英国巴林银行宣布倒闭，这一消息在国际金融界引起了强烈震动。巴林银行 1763 年创建于伦敦，是世界首家商业银行。它既为投资者提供资金和有关建议，又像一个 "商人" 一样自己做买卖，也像其他商人一样承担风险。由于善于变通，富于创新，巴林银行很快就在国际金融领域获得巨大的成功。它的业务范围非常广泛：无论是到刚果提炼铁矿，从澳大利亚贩运羊毛，还是开掘巴拿马运河的项目，巴林银行都可以为之提供贷款。由于巴林银行在银行业中的卓越贡献，巴林银行的经营者先后获得了 5 个爵位。

巴林银行的倒闭是由于该行在新加坡的期货公司交易形成巨额亏损引发的。新加坡巴林期货公司的总经理里森，一直在大阪证券交易所、东京证券交易所和新加坡国际金融交易所买卖日经 225 股票指数期货和日本政府债券期货，从中赚取微薄的价差。从 1994 年下半年起，里森持续购入日经 225 指数期货。1995 年 1 月关西大地震爆发后，日本股票市场出现大幅度下跌，里森的投资损失惨重。但他认为股价将会回升。为弥补亏损，继续购入日经 225 指数期货，同时卖出日本政府债券期货。与他预期相反，日经 225 指数期货出现持续大跌，而日本政府债券期货价格出现了普遍上涨，里森的投资在 1994 年 1 月 1 日到 2 月 27 日期间就亏损了 1.9 亿英镑。

为了能够支付期货交易的保证金，里森还同时进行日经 225 期货期权交易，卖出期权，获取期权的酬金——权利金。由于股价下跌幅度较大，权利金收益远远不足以弥补履行期权义务的巨大损失。到 2 月 27 日，期权头寸的累计账面亏损已经达到 184 亿日元。期权的严重亏损迫使他继续大规模买入日经 225 指数期货，试图以此拉动股价上升，弥补他在期货和期权交易上的损失。按照里森自己的说法："手上的期货合约总值累计起来已经达到 110 亿英镑，相当于日本在这个市场上所占的全部份额。"[①] 日本股市下跌之势并没有因此得到改变。1995 年 2 月 24 日，巴林银行被迫追交保证金，数额接近巴林银行集团本身的资本和储备之和。26 日，英格兰银行宣布对巴林银行进行倒闭清算。

截至 1995 年 3 月 2 日，巴林银行的亏损额达 9.16 亿英镑，约合 14.7 亿美元。3 月 5 日，国际荷兰集团与巴林银行达成协议，接管其全部资产与负债，更名为巴林银行有限公司；3 月 9 日，此方案获英格兰银行及法院批准。至此，巴林银行 230 年的历史终于画上了句号。

> ➤ 巴林银行事件的主要原因：风控不严、监管不力

巴林银行事件的发生原因是多方面的，主要原因在于巴林银行自身风险控制和外部审计监督存在严重问题，新加坡交易所和新加坡金融监管当局，英国金融监管当局等也负有不可推卸的责任。

首先，内部管理严重失控是主因。

从内部管理看，里森是新加坡巴林期货公司交易部兼清算部经理，这两个至关重要的岗位，都由里森一人把持，为越权违规交易提供了方便。新加坡交易所曾发现巴林期货交易中存在若干异常，并为此致信巴林期货公司。但并未引起其财务董事的足够重视。

另外，巴林银行总部发现问题后也未能及时纠正。巴林银行从一开

---

① 尼克·里森著，张友星译：《我是如何弄垮巴林银行的》，北京，中国经济出版社，1996。

始就完全了解里森身兼交易及结算主管的事实，鉴于里森频繁汇报的高额"利润"，一直默认巴林期货的非常规运作，不仅不采取措施严加制止，还采取高奖励政策刺激交易，并源源不断汇出保证金支持。1994年8月内部审计人员对其内部审计中，曾指出这种体制安排对其经营可能会造成风险，指出该期货公司没有实行岗位制约的严重性，巴林银行集团高级领导层漠然视之。里森开设的差错账号"88888"，原本是为了显示客户交易和自营交易的差错，后来成为其越权违规交易的工具。到1994年该账户的累计损失就已经达到3亿美元，巴林银行甚至不知道这个账户的存在。这些都充分暴露了巴林银行在内部控制上存在的许多漏洞。可以说，巴林银行高层对子公司的违规行为置若罔闻、放任自流，对巴林倒闭负有不可推卸的责任。

其次，外部监管存有漏洞是重要的外部原因。

巴林事件中存在着跨境监管的难题。英格兰银行仅负责对巴林银行的监管，而新加坡巴林期货公司却受新加坡交易所、大阪证券交易所、东京证券交易所和东京国际金融期货交易所的监督和管理，这四家交易所又分别受新加坡金融管理局和日本中央银行的监管。三个国家分别监管不同机构，其中的新加坡交易所和大阪证券交易所是竞争对手，两家交易所同时上市日经指数期货。显然，缺乏全球性的协调及信息沟通也是巴林银行破产的一个重要原因。

就英国方面的监管来看，从1993年到1994年，巴林银行在新加坡及日本市场投入的资金已超过11000万英镑，超出了英格兰银行规定英国银行的海外总资金不应超过25%的限制。而且巴林银行的这种投资行为得到了英格兰银行主管商业银行监察的高级官员的默许，未留下任何证明文件，明显违反了英格兰银行的内部规定。

新加坡交易所在监管方面也有一定责任。它曾经两次致信新加坡巴林期货公司，提出对资金问题的一些疑虑，但并未对其进行全面和彻底的调查性审计，也没有把这种担心及时通知新加坡金融管理局和英国相应的监管机构。原因之一在于，新加坡开设了日本的日经 225 指数期货，与大阪证券交易所形成了激烈竞争，为了争取更多的客户，收取更多的保证金，新加坡交易所竭力推动市场规模的扩大，企图利用监管环境的宽松吸引更多的投资者；在持仓量的控制方面过于宽松，没有严格执行持仓上限，允许单一交易账户大量积累日经期指合约头寸，对会员公司可持有合约数量和缴纳保证金情况没有进行及时监督。外部监管的乏力，为里森的投机提供了一个重要的外部条件。

此外，如果里森仅仅进行股指期货交易，保证金不足时，新加坡清算机构也能够很快发现并及时处理，损失也不会如此巨大，但里森同时又进行交易所之外的场外期权交易，通过收取权利金补充保证金的不足，加大了监管难度，损失也在无形中放大。

➢ 巴林银行事件促使监管机制日趋完善

虽然巴林银行事件并不是股指期货造成的，但也给监管机构在完善监管机制上以有益的启示。随着金融衍生产品交易在世界范围内超国界和超政府的蓬勃开展，单一国家和地区已无法对其风险进行全面的控制，因此加强对金融衍生产品的国际监管和国际合作，成为国际金融界和各国金融当局的共识。跨境、跨市场监管行动全面启动，并在以后的实践中逐步完善。

英国政府开始着手改革现行的金融市场监管结构，改变了分业经营的监管模式，把以往针对不同机构进行监管方式变为针对不同产品进行监管。1998 年，将英格兰银行监管部门、证券投资委员会和其他金融自律组织合并，建立单一的金融市场法律体系及与之相对应的统一监管机构——金融服务监管局（FSA）。2000 年整合各种金融法规，推出《2000 年金融服务与市场法》（FSMA2000），强调跨产品、跨机构、跨市场的监管。

新加坡交易所也采取了若干措施，加强清算和监管。例如，促进清算所与国外同业机构交换信息，以准确评估其成员在各个市场的净风险头寸，采取间歇性突击审核的方式，重点查询清算会员交易方向变动的情况，加强对交易保证金的管理。

股指期货在"香港金融保卫战"中是什么角色？

1998 年的"香港金融保卫战",使一批试图联手操纵汇市、期市和股市的国际投机客折戟而归,香港政府由被动应对逐步变为主动出击,维护了联系汇率制,捍卫了香港的国际金融中心地位。

很多人士对亚洲金融危机和"香港金融保卫战"不甚了解,往往把亚洲金融危机与股市和股指期货联系在一起。事实上,在亚洲金融危机中,投机基金攻击的主要目标是汇率,外汇市场才是主战场,而股市或者股指期货市场并非投机分了攻击的主要目标。主要原因在于亚洲金融危机前几年,东亚新兴市场均出现经济持续繁荣,外资大量流入造成本币升值而被严重高估。投机分子正是看中了这一点,进行攻击,以期获取暴利。

➤ 联系汇率制度是投机分子的攻击首要目标

以下四点可以说明这一问题:第一,外汇市场规模庞大,一旦汇率被攻陷,意味着数百亿美元的巨额盈利,当时汇率普遍高估的东亚新兴市场对投机客显然有巨大诱惑力;第二,亚洲金融危机的突破口正是泰铢的大幅度贬值,而亚洲金融危机导致的泰铢等货币的巨大贬值幅度,例如印尼盾甚至大跌了 278%(见表 20),也印证了投机客攻击的主要目标是外汇市场;第三,当时这些新兴市场,除中国香港等市场外,大多数尚没有股指期货市场;第四,从股市运行情况看,得不出有股指期货的市场跌幅更大这样的结论,相反,中国香港、日本等股指期货比较成熟的市场,股市跌幅相对较小(见表 21)。

表 20 亚洲各货币对美元的汇率及变动幅度

		泰铢 BAHT	菲律宾比索 PESO	印尼盾 RUPIAN	马来西亚林 吉特 RINGGIT
1997 年 7 月 1 日	对美元汇率	25.9	26.4	2431	2.52
1997 年 8 月 1 日	对美元汇率	31.9	29.2	2616	2.64
日经 225 指数	贬值幅度	−19.0%	−9.76%	−7.59%	−4.29%

续表

		泰铢 BAHT	菲律宾比索 PESO	印尼盾 RUPIAN	马来西亚林 吉特 RINGGIT
1997 年 9 月 1 日 巴黎 CAC 40	对美元汇率	34.1	30.1	2975	2.95
	贬值幅度	−31.9%	−14.1%	−22.4%	−16.8%
1997 年 10 月 1 日 TSX Composite	对美元汇率	35.9	34.4	3340	3.37
	贬值幅度	−38.4%	−30.4%	−37.4%	−33.4%
2000 年 7 月 1 日	对美元汇率	39.2	42.9	8685	3.80
	贬值幅度	−51.3%	−62.5%	−257%	−50.5%
2000 年 11 月 1 日	对美元汇率	43.7	51.1	9200	3.80
	贬值幅度	−68.5%	−93.8%	−278%	−50.5%

资料来源：海通证券研究所。

表 21　亚洲金融危机一年后各股市指数的变化

国家或地区	1997 年 7 月 1 日 收盘指数	1998 年 6 月 30 日 收盘指数	样本股指数与非样本股指 数期间年平均涨幅差值（%）
马来西亚	1078.9	455.6	57
泰国	527.3	267.3	49
新加坡	1981.3	1066.7	46
中国香港	15196	8543	45
印度尼西亚	731.6	445.9	39
日本	20175	15830	21

资料来源：海通证券研究所。

为了保证香港的金融和经济稳定，从 1983 年 10 月 17 日起，香港实施联系汇率制度，发钞银行增发的港元现钞，一律以 1 美元 ＝7.8 港元的比价，事先向外汇基金交纳美元。保证了港元的发行有美元的准备。

联系汇率制度是一种货币发行局制度，有很多优点，特别是对香港这种经济自由化程度高，又容易遭受外部冲击的经济体，维持汇率稳定对经济发展至关重要。自实行联系汇率制度以后，港元汇率稳定，香港经济一直保持了繁荣发展的态势（见表 22）。

表 22　香港的汇率制度演变

时间	汇率安排	汇率水平
1863—1935 年	银本位制	以银元为法定货币
1935 年	英镑区成员，港元与英镑之间是固定汇率	1 英镑兑 16 港元（1935 年 12 月至 1967 年 11 月） 1 英镑兑 14.55 港元（1967 年 11 月至 1972 年 6 月）
1972 年	英镑自由浮动，港元与美元建立固定联系	1 美元兑 5.650 港元（1972 年 6 月至 1973 年 2 月）
1973 年至 1983 年 9 月	美元自由浮动，港元也自由浮动	1 美元兑 5.085 港元（1973 年 2 月至 1974 年 11 月） 不断贬值过程，在以下日期的汇率： 1 美元兑 4.965 港元（1974 年 11 月 25 日） 1 美元兑 4.600 港元（1978 年 3 月 6 日） 1 美元兑 9.600 港元（1983 年 9 月 24 日）
1983 年 10 月	港元直接与美元挂钩	1 美元 = 7.8 港元

资料来源：香港金融管理局。

　　但在外部经济动荡、内外经济发展不平衡的情况下，长期维持联系汇率制度会面临很大的挑战。

　　从理论上看，就可能面临所谓的"三难困局"（Trilemma），即固定的汇率制度、自由开放的资本市场及独立的货币政策三者很难同时存在。若实行固定汇率制度，又追求经济政策自主，则不能让资本市场自由开放，也就是必须施行资本管制；若取消资本管制，且追求独立货币政策，就不应实行固定或钉住汇率政策；若有自由开放的资本市场，又采用固定或钉住美元政策，则不应拥有经济政策的自主权。

　　从现实情况看，香港回归前恒生指数从 1992 年 1 月 3 日的 4307 点附近上涨到了 1997 年 7 月 25 日的最高 15880.6 点，涨幅惊人；房地产市场更是出现了比较严重的泡沫，而香港作为国际金融中心，于 1997

年 7 月 1 日回归中国，投机分子认为只要将联系汇率制度击破，就会将香港的财富抢劫一空。

➤ 国际炒家大肆攻击港元

1997 年，东南亚金融危机爆发，在成功袭击泰国、马来西亚、印度尼西亚等东南亚国家的货币体系之后，以索罗斯为首的国际炒家把目标对准了香港的联系汇率制。1997 年 10 月 23 日，国际炒家首次冲击香港市场，使得香港的银行同业拆借利率一度狂升到 300%，恒生指数和恒指期货下跌 1000 多点。10 月过后，索罗斯又分别于 1998 年 1 月和 1998 年 6 月两度攻击港元，利用汇市、股市和期市之间的互动规律大肆投机。香港政府通过提高短期利率的手法，击退国际炒家对港元的攻击，汇市趋于稳定，但股市跌幅惨重。

1998 年 7 月，以索罗斯为首的国际炒家开始第四次大规模攻击港元，同样还是以香港联系汇率制作为攻击目标。他们采取"双管齐下"的策略，一方面，利用日元疲软大肆散布人民币要贬值的谣言，动摇投资者对港元的信心；另一方面，在外汇市场大量抛售港元，同时在股票市场压低恒生指数、在期货市场累积大量恒指期货的空头头寸。面对国际炒家对香港市场的肆意投机，香港政府决定入市干预，由此展开了一场惊心动魄的"香港金融保卫战"。

➤ 香港政府发起"金融保卫战"

从 1998 年 8 月 14 日起，香港政府连续在现货和期货市场同时与炒家搏杀，动用近千亿港元，目的在于托升恒生指数，不仅要让炒家在做空 8 月期指的行动中无利可图，更要使他们亏本，知难而退。与过往仅推高隔夜拆解利率加大国际炒家成本的手法不同，在此次连续 10 个交易日的干预行动中，港府在股市、期市、汇市同时介入，力图构成一个立体的防卫网络，令国际炒家无法施展其擅长的"声东击西"

或"敲山震虎"的手段。具体而言，港府方面针对大部分炒家持有8000点以下期指空单的现状，力图把恒生指数推高至接近8000点的水平，同时做高8月期指结算价，而放9月期指回落，拉开两者之间空档。即便一些炒家想把仓单从8月转至9月，也要为此付出几百点的入场费，使成本大幅增高。

8月28日是香港政府入市干预打击国际炒家的第10个交易日，同时也是恒指期货8月份合约的最后交易日。8月28日上午10点开市后仅5分钟，股市成交金额就超过39亿港元。半小时后，股市成交金额突破100亿港元。截至上午收市，成交金额达到400亿港元，接近1997年8月29日创下的460亿港元日成交金额的历史最高纪录。下午开市后，抛售压力有增无减，成交金额一路攀升，但恒生指数和恒指期货始终维持在7800点以上。下午4点整收市时，恒生指数、恒指期货分别为7829点、7851点，股市成交金额790亿港元。香港股市最终顶住了国际炒家的抛售压力。

在入市干预的10个交易日里，香港政府将恒生指数从8月13日收盘时的6660点推高到8月28日收盘时的7829点，迫使恒指期货8月份合约在高位结算交割。同时，压低恒指期货9月份合约的价格，使持有大量恒指期货空头头寸的国际炒家的展仓成本极高。针对相当数量的投机资本或者在期货市场转仓到9月份合约，或者滞留在股票市场伺机而动，香港政府通过修改交易规则限制国际炒家投机活动，直接迫使投机资本惨败而归，而香港政府在对抗投机活动中取得了最终的胜利。

➢ 股指期货功不可没

从"香港金融保卫战"的经过可以看出，虽然国际游资主要攻击的是外汇市场，股指期货市场并不是他们攻击的主要对象，但香港政府充分认识到股指期货的重要性，充分运用了几个市场的联动关系，使国际游资试图操纵汇率制度获取暴利的愿望落空，维护了自身的汇率稳定和金融安全。股指期货成为维护国家金融经济安全的一个有效手段。

为什么说缺乏监管的场外交易
是"法兴事件"的罪魁祸首？

> **"法兴事件"概况**

法兴银行即法国兴业银行，是法国第二大银行，创建于1864年5月，总部设在巴黎。该银行全称为"法国促进工商业发展总公司"，是法国最大的商业银行集团之一。上市企业分别在巴黎、东京、纽约股票市场挂牌。其主要业务包括零售银行业务、公司及投资银行业务和全球投资管理业务。

2008年1月18日，法兴银行在一项常规系统检查中，发现了旗下一名叫凯维埃尔的交易员账户交易情况异常，有高达500亿欧元的各类股指期货（Euro Stoxx指数、德国DAX指数和英国FTSE指数等）的多头单边头寸。这一交易金额已远远超过了法兴银行的公司市值（截至2008年1月31日，法兴银行市值为387.93亿欧元），使其暴露于巨大的风险之中。

1月20日早晨，当所有的头寸都被最终确认之后，法兴集团董事长兼行政总裁布东立即告知法国中央银行行长，并在当天下午告知了审计委员会。布东决定尽早、尽快关闭这些头寸，并通知了法国金融市场管理局（AMF）负责人。然而，当时的市场环境极为不利。1月18日星期五下午欧洲股市大幅下跌。1月20日晚到1月21日，亚洲股市在欧洲股市开盘前也大幅下跌（恒生指数下跌5.4%）。在市场普遍下跌的走势中，法兴银行的多头单边头寸遭受重大损失。从21日起，法兴银行对上述股指期货头寸进行紧急平仓，整整抛售三天。截至1月23日，法兴将所有的违规仓位平仓，最终损失49亿欧元。

在一系列相关调查之后，2月20日，法国兴业银行提交内部调查报告，报告中承认，法国兴业银行在交易监控上的监管漏洞存在两年之久，致使该交易员使银行蒙受71亿美元的损失。报告还说，本案完全是交易员独立作案，没有发现其有挪用公款行为或者任何内外部的共谋者。三个月过后，2008年5月23日，法国兴业银行发布了对该行交易员凯维埃尔巨额非法交易丑闻所作的更为详尽的内部调查报告。这份报告中，法国兴业银行不仅公布了对该案的内部调查结果，还对自己的文化和监管机制进行批评和反思。

➤ 缺乏监管的场外交易才是"法兴事件"产生的罪魁祸首

大家可能觉得奇怪，像法国兴业银行这样的老牌商业银行，怎么会在股指期货上有如此大规模的投机盘？其实，法兴银行一直是在场内市场和场外市场之间进行风险对冲（Hedge）交易的。这次在场内市场建立大量股指期货多头部位时，其交易员制造假账单，声称自己在场外市场建立了大量期货和期权空头部位。这样，就把对冲交易变成了完全投机交易，即风险完全暴露，而场外市场缺乏监管的特点，又使其很容易蒙混过关，最终导致了重大损失。

可见，场外市场是"法兴事件"产生的罪魁祸首。

➤ 信用制度是"法兴事件"产生的深层原因

信用制度是西方自由市场制度的基石。欧洲一些交易所基于传统的理念以及竞争的需要，将信用制度过度地滥用于已经具有很高杠杆效应的金融衍生品市场，特别在金融市场剧烈动荡之际，必然会引发一系列严重的问题。例如，欧洲的交易所允许客户进行透支交易，客户可以先下单，再补足保证金。这样，必然面临巨大的市场风险。

➤ 越权操作和内控制度不严是"法兴事件"产生的直接原因

综观几次发生在金融衍生品市场的风险事件，其共同特点是内控制度不严或者内控制度形同虚设，交易员往往既是下单员又是资金管理员，也是风险控制人员，这正是金融衍生品交易之大忌。

"法兴事件"也不例外，其衍生品交易员如此大规模违规操作，居然内部风险控制部门毫无察觉，实在让人觉得不可思议。正是其交易

员越权操作，给法兴银行带来了巨额损失。

> **➤ "法兴事件"很难在我国重演**

当然，"法兴事件"也给了我们一些启示，一方面，我们必须重视"法兴事件"的教训，在股指期货的制度设计上要更严密，风险管理上要更严格；另一方面，必须看到，我国目前的信用体制和欧洲不甚相同，股指期货交易借鉴全球市场设计出的保证金管理制度、持仓限制制度、强行平仓制度、强制减仓制度、结算准备金制度等一整套股指期货制度规则和风险管理制度，其严格、透明和完善程度，是全球股指期货市场中最高的，"法兴事件"很难出现在我国。比如说，我国股指期货市场中，如果投资者保证金不足时，不仅不能赊账开新仓，还必须减仓至和账户保证金水平相匹配的程度，亏损不可能到如此高的地步还不被发觉；再比如，对投资者持有的每个合约都有 600 张的限仓，想增加持仓必须拿出股票持仓的有效证明申请套期保值额度，这样，任何想做投机交易的机构和个人都不可能有如此巨额的持仓，亏损也被控制在有限的范围内。

因此，没有必要因为"法兴事件"而因噎废食，停止或者放弃我们刚刚开始的金融创新探索，而是应当借鉴"法兴事件"的经验教训，严控风险，防患于未然，高起点、稳起步地建设一个健康的股指期货市场。

后 记

一直以来，我就非常想编写一本有关股指期货的书籍，不是辞典式的基础知识介绍，也不是专业操作的秘笈指南，而是一本立足于股指期货市场发展热点问题的集中讨论。在股指期货筹备工作两年后，在社会各界对股指期货有了充足的讨论之后，在我逐步学习和掌握了大量基本素材之后，这个愿望就开始真正实施起来。

本书的编写人员均是来自金融期货领域的专业人士，对衍生品的研究既有丰厚的理论功底，也有深刻而科学的认知水平，更有投身于金融期货市场建设的责任感和工作热情。初稿的编写人员包括（按音序顺序）：陈缙、程红星、冯伟民、高子剑、韩靖、李凯、李艳、刘馨琰、刘英华、卢伟忠、邵俭、孙军、万祎、魏亚楠、夏锦良、杨继、雍志强。雍志强做了本书的第一次统稿。之后，鲍建平、方世圣、胡世明、李康、刘仲元、夏锦良、姚兴涛、朱国华等多位业内资深人士多次开会研讨，对本书进行了审阅修改工作，提出了宝贵的修改意见。在此基础上，杨继同志对本书初稿结构进行了重新设计和大幅度修改，并进行了最终统稿。海通证券研究所为本书收集和提供了大量研究数据。对于他们的辛勤劳动，我表示诚挚的感谢！

在本书的出版过程中，中国金融出版社责任编辑戴硕同志加班加点，一丝不苟地进行编审工作，付出了辛勤的劳动和大量的心血，才保证了本书能够尽快问世，在此也一并感谢。

刘鸿儒
2009 年 3 月